歡喜念歌詩

鄉土教學·河洛語

4

阿寶迎媽祖

歡喜念歌詩 **4**

河洛語

阿寶迎媽祖

主題十六 好厝邊（社區）

壹 本文

貳 親子篇——好厝邊

參 補充參考資料

序

　　語言，不論是外語或方言，都是一扇窗，也是一座橋，它開啟我們新的視野，也聯結不同的族群與文化。

　　河洛語是中國方言的一種，使用的地區除了福建、台灣之外，還包括廣大的海外地區，例如東南亞的菲律賓、泰國、馬來西亞、印尼、新加坡、汶萊，以及美國、加拿大、澳洲、紐西蘭、與歐洲、中南美洲的台僑社區。根據格萊姆絲（Barbara F. Grimes）女士在2000年所著的民族語言（Ethnologue, 14 ed.）一書中估計，全球以河洛語作母語的使用者有四千五百萬人，國內學者估計更高達六千萬人。今年九月，美國哈佛大學的東亞系首開西方大學風氣之先，邀請台灣語言學家與詩人李勤岸博士開授河洛語課程；河洛語的普及與受重視的程度，乃達到歷史的新高。

　　我是一個所謂「外省第二代」的台灣人（用最時髦的話說，是「新台灣人」的第一代），從小在台北最古老、最本土的萬華（艋舺）長大，居住的大雜院不是眷村，但是幾乎全部是外省人，我的母語並不是國語，而是湖南（長沙）話，平常跟河洛語雖有接觸，但是並不深入，因此一直說得不流利。我的小學（女師附小）、初中（大安初中）、高中（建國中學）、大學（台大），都是在台北市念的，同學之間大都說國語，很少有說河洛語的機會，在語言的學習上，自然是跟隨社會上的大潮流走—重視國語與外語。大學畢業後，服兵役在南部的左營，本該有不少機會，但是軍中不准講河洛

語，只有在當伙委去市場買菜，或假日到高雄、屏東遊玩的時候，才有機會講講。退伍後立即出國留學，接觸機會又變少了，一直到二十年前回國服務，才再恢復對河洛語的接觸。

我開始跟方南強老師正式學河洛語，是一九九六年九月，當時不再擔任部會首長，比較有時間、有系統地學習河洛語，但是每週也只有二個小時。次年辭卸公職，回政大法律系教書，一年後參選並當選台北市長，每週一次的河洛語課一直未中斷。這五年來，我的河洛語有了不少的進步，一直有一個心願，就是為下一代打造一個可以方便學習各種母語的環境，以縮短不同族群背景市民間的距離。

我的第一步，是在台北市的幼稚園教唱河洛語歌謠與簡單的會話，先從培訓師資開始，在八十八年的暑假開了十八班，幼稚園的老師們反應熱烈，參加的老師達五百四十人。當年九月，台北市四百十一所幼稚園全面開始教河洛語歌謠與會話，八個月後，二五七位托兒所的老師也完成了講習，河洛語的教學乃擴張到六百零二家托兒所，可謂盛況空前。這本書，就是當時教育局委託一群河洛語學者專家（包括方老師）所撰寫的教本，出版當時只印了兩千本，很快就用光了，外縣市索取者眾，實在供不應求。最後決定在教育局的支持下，由作者委託正中書局和遠流出版公司聯合出版。

這本書內容淺顯而豐富，既有傳統教材中鄉土的內涵，也有現代生活中的特色。此外，設計精美的詩歌讀本，更能吸引學生興趣並幫助學生的記憶，可說是一大創舉。我對這本書有如下的期望：

——讓不會說河洛語的孩子能跟他們的父母、阿公阿媽更有效的溝通，增進親子關係；

——讓不會說河洛語的外省、客家、原住民孩子能聽、能講河洛語，增進族群和諧；

——讓河洛語推陳出新，納入更多現代生活的內涵。

　　台灣人的母語當然不只有河洛語，客語及原住民語也應該學習。今年九月，全國的國民小學開始實施九年一貫課程，教育部要求小一學生必須在河洛語、客語及原住民語這三種母語中，選擇一種。台北市的要求，則是除了必選一種之外，對於其他兩種母語，也要學習至少一百句日常用語或若干歌謠，這樣才能避免只選修一種可能帶來的副作用。這一種作法，我曾跟教育部曾志朗部長交換意見，也獲得他的支持。相關的教材，都在編撰出版中。

　　族群和諧是台灣人必走之路，語言的學習則是促進和諧、帶動進步最有效的方法。希望這一本書的出版，能為這一條必走之路，跨出一大步。

馬英九

民國九十年十月五日

編輯大意

一、教材發展的目的和意義

幼稚園的鄉土教育由來已久，由於學前階段的課程是開放的，不受部定教材的規定，時間上也非常自由，沒有進度的限制，實在是教育者實現教育理念的沃土，其中鄉土教育也隨著文化保留的世界潮流而受到重視，成為課程中重要的部分。

母語是鄉土教育的一環，到今天母語的提倡已不再是意識型態的問題了，而是基於文化傳承和尊重每一個文化的觀點。今天母語要在幼稚園開放，並且編寫教材，使幼兒對鄉土有較深入的接觸，可以培養出有包容力的情懷，和適應多元社會的能力。

但是，母語教材如何在一個開放的教育環境內使用，而仍能保持開放的原則？這是大家所關心的，基於此，在教材的設計、編排上有異於國小。在功能上期望能做到：

㈠ 營造幼兒河洛語的學習環境。

㈡ 成為幼兒河洛語文化探索的資源之一。

綜合上述說明，歸納教材發展的意義如下：

㈠ 尊重多元文化價值。

㈡ 延續河洛語系文化。

㈢ 幼兒成為有包容力的現代國民。

㈣ 幼兒發展適應多元化社會的能力。

二、教材特色

　　這套教材無論在架構體系上，內容上的規畫，創作方式上及編排的形式上都有明顯的風格和特色。如架構體系的人文主義色彩，教材的生活化、創作的趣味化和啓發性以及應用上的彈性和統合性等，現分述如下：

㈠ 人文化：

本套教材不僅考慮多元的教學法使用之方便，而設計成與衆不同的裝訂方式，而且內容也以幼兒爲中心，配合全人教育的理念，在河洛語系文化中探索自我及個人與他人、個人與社區鄉里、個人與民族、個人與世界，乃至於個人與大自然的關係，使語言學習成爲全人教育的一環。這是由五位童詩作家主筆的，所以都是詩歌體，他們在創作時，時時以幼兒爲念，從幼兒的角度出發，並將幼兒與文化、環境密切結合。

㈡ 生活化：

幼兒學習自經驗開始才能達到學習效果，母語學習與生活結合，便是從經驗開始，使生活成爲學習母語的眞實情境，也使學習母語成爲文化的深度探索。語言即文化，文化即生活，深入生活才能學好語言。這些童語，有濃厚的鄉土味，取材自鄉土文化，讓人有親切感。同時這是台北市所編寫的教材，自然也以台北市爲背景，在創作時是以都會區幼兒的生活實況和需要爲基礎的。因此也會反映生活的現代面，譬如適切使用青少年的流行語言，使教材兼具現代感，讓幼兒學到傳統的，同時也是現代的河洛

語，使河洛語成為活的語言，呈現新的風貌。

㈢ 趣味化：

為了引起幼兒對學母語的興趣，教材無論在內容上、音韻上均充滿童趣。教材雖然以詩為主，但是大多的詩是生活化的白話語句，加上音韻，目的使幼兒發生興趣，而且容易學到日常語言，尤其是一些較難的名稱。此外，內容有「寓教於樂」的效果，而沒有明顯的說教，或生硬的、直接的表達，使之念起來舒暢、聽起來悅耳，幼兒樂於念誦。此外，詩歌的呈現方式有創新的改變，其一，將詩中的名詞以圖象表現，使詩歌圖文並茂；其二，詩歌的排列打破傳統方式，採用不同形狀的曲線。如此使課文的畫面活潑生動而有趣，並增加了閱讀時的視覺動感。

㈣ 啟發性：

啟發來自間接的「暗示作用」。教材中充滿了含蓄的意義，發人省思。此外，這些白話詩大多數是有很明顯的故事性。凡此均能使親師領會後引導幼兒創造延伸，並充分思維，透過團體互動，幼兒的思維、感受更加豐富而深入。教師可應用其他資源，如傳說、故事書、神話等加以延伸。此外，有啟發性的教材會引發多方面的活動，增加了教材的應用性。

㈤ 統合性：

雖然母語教材以單一的形式呈現，但其內容有統合的功用。多數的詩文認知性很強，譬如教幼兒某些物件的名稱、功能等，但由於其間有比喻、擬人化，又有音韻，它就不只是認知性的了，它激發了幼兒的想像力，提供了創造的空間，並使幼兒感受到詩辭的優美，音韻的節奏感而有延伸的可能。詩文延伸成音、律活動、藝術性活動，而成為統合性的教材。

㈥ 適用性：

1. 適用於多元的教學方式

   幼稚園教學種類並非統一的，從最傳統到最開放，有各家各派的教學法，所以在編排時要考慮到人人能用，並不專爲某種教學法而設計。

2. 適用於較多年齡層

   本教材不爲公立幼稚園一個年齡層而設計，而考慮多年齡層，或分齡或混齡編班均可使用。所以編排不以年齡爲其順序。教材提供了選擇的可能性。較大年齡層要加強「應用」面，以發揮教材的深度和彈性，這便取決於教師的使用了。

3. 彈性與人性化，這是一套反映幼兒文化的教材，在時間與預算的許可下，內容應該繼續充實。這活頁的裝訂方式不但便於平日抽用，更便於日後的增編、修訂，發展空間無限。

4. 本書另附有(1)簡易羅馬拼音發音介紹及練習(2)羅馬音標及台灣河洛語音標對照表方便查考使用。

三、內容結構

　　全套共有二十六個主題（詳見目錄），分別由童詩作家，河洛語專家執筆，就各主題創作或收集民間童謠，彙集而成。這二十六個主題分爲五篇，依序由個人擴充到同儕及學校生活、家庭與日常生活、社區及多元文化，乃至於大自然與環境。每篇、每個主題及每首詩及所有配合的教學活動均爲獨立使用而設計的，不以難易的順序編排，每個主題包含數首童詩。

㈠ 個人：以［乖囝仔］為主題包括——
1. ［眞伶俐］（我是好寶寶）
2. ［心肝仔］（身體）
3. ［平安上歡喜］（安全）
4. ［身軀愛清氣］（衛生保健）

㈡ 家庭與日常生活：以［阮兜］為主題包括——
1. ［嬰仔搖］（甜蜜的家）
2. ［媽媽披衫我幫忙］（衣服）
3. ［枝仔冰］（家常食物）
4. ［瓜子　果子］（常吃的蔬果）
5. ［阿珠仔愛照鏡］（日用品）
6. ［電腦及鳥鼠仔］（科技生活）

㈢ 同儕與學校生活：以［好朋友］為主題包括——
1. ［我有眞濟好朋友］（學校）
2. ［辦公伙仔］（遊戲與健康）
3. ［小蚼蟻會寫詩］（美感與創造）
4. ［這隻兔仔］（數的認知）
5. ［阿英彈鋼琴］（音感學習）

㈣ 社區及多元文化：以［好厝邊］為主題包括——
1. ［好厝邊］（社區）
2. ［一路駛到台北市］（交通）
3. ［廟前弄龍］（節日習俗）
4. ［囝仔兄，坐牛車］（鄉土風情）
5. ［咱是一家人］（不同的朋友）

（五）大自然與環境：以［溪水會唱歌］爲主題包括——

    1.　［落大雨］（天氣）

    2.　［寒天哪會即呢寒？］（季節）

    3.　［火金姑］（小動物）

    4.　［小雞公愛唱歌］（禽畜）

    5.　［見笑草］（植物）

    6.　［溪水會唱歌］（環境保育）

四、編輯形式

整套教材共分三部分：親師手冊（歡喜念歌詩第一至五冊）、輔助性教具ＣＤ片及詩歌讀本，未來要發展的錄影帶等。

每篇一冊共五冊，兼具親師教學及進修兩種功用。

1. 親師手冊內容分：學習重點、應用範圍、童詩本文及註解、配合活動（及其涉及的學習與發展和教學資源）、補充資料、及其他參考文獻。

2. 「學習重點」即一般之教學目標，本教材以「學習者」爲中心，親師要從幼兒學習的角度去思考，故改爲「學習重點」。由編輯教師撰寫。

3. 在「童詩註解」中附有注音，由童詩作家及河洛語專家撰寫。

4. 在「配合活動」中提出所需資源並詳述活動過程，使親師使用時能舉一反三。學習重點、應用範圍、及配合活動由教師撰寫。

5. 「相關學習」：是指一個活動所涉及的領域和發展兩方面，以「學習」取代「領域」，是爲了使範圍更廣闊些，超越一般固定的領域界線。

6. 「補充資料」：有較難的詩文、諺語、謎語、簡易對話、歌曲、方言差異、異用漢字等，由童詩作家及河洛語專家提供。

五、撰寫方式

本教材所採用的詞語、發音等方面的撰寫，說明如下：

㈠ 使用語言

1. 本文（歌謠）部分採用河洛語漢字爲書面用語。
2. 親師手冊的說明，解釋部份均用國語書寫。另外補充參考資料裏的生活會話、俗諺、謎語等仍以河洛語漢字書寫。

㈡ 注音方式

在河洛語漢字上，均加註河洛語羅馬音標，方便使用者能迅速，正確閱讀，培養查閱工具書的能力。

㈢ 漢字選用標準

用字，以本字爲優先選用標準，如沒有確定之本字，則以兼顧現代社會語言的觀點和實用性及國語的普及性、通用性爲主，兼顧電腦的文書處理方式，來選擇適切用字。另外，具有相容或同類之參考用字，於親師手冊補充資料中同時列舉出來，以供參考。

㈣ 方言差異

1. 方音差異：本書採用漳州音爲主之羅馬音標，但爲呈現歌謠之音韻美，有時漳州、泉州音或或其他方音也交替混合使用。

2. 語詞差異：同義不同説法之用語，在補充參考資料中，盡可能列舉出，俾便參考使用。

3. 外來用語：原則上以和國語相通之用語爲選用標準，並於註解中説明之。

六、應用原則

　　這是一套學習與補充教材。教師在使用本教材時，宜注意將河洛語的學習和幼兒其他學習活動互相結合，使幼兒學習更加有趣。因此河洛語不是獨立出來的一門學科。學習的過程建議如下：

㈠ 在情境中思維和感覺

　　語言不是反覆的朗誦和背記，與其他活動結合，使幼兒更能瞭解語言的情境脈絡。誠如道納生 (M. Donaldson) 所説，印地安人認爲「一個美國人今天射殺了六隻熊」這句話是不通順的，原因是這是不可能的事，這是美國人做不到的。因此，語言不再是單純的文法和結構問題，而是需要透過思維掌握情境脈絡，主動詮釋，所以語言需要主動的學習和建構。

　　建構的過程是帶有感性的。教師在使用圖卡時，可以邀請幼兒一起想一想這張圖、這首詩和自己的生活經驗有何關係？它使你想到了什麼？感覺如何？由此衍生出詩的韻律感、美感。

　　教師也可以和幼兒根據這些教材編故事，延續發展活動。

㈡ 團體互動中學習

團體可以幫助幼兒學習更為有效。幼兒透過和他人的互動會習得更豐富的語言,語言本來就在社會人群中學來的!語言學習要先了解情境意義以及說話者的意圖,在學校裡,語言可以經由討論和分享使語辭應用、詮釋更多樣、更廣泛,觀念、意義,經過互動而得以修正,使之更加明確和深入。母語歌謠經過感覺、經驗分享後,也因而產生更多的創造性活動,無論是語言的,或超出語言的!而這是要靠團體互動才容易激發出來的。

㈢ 協助營造學習母語的文化環境

這即是一套輔助教材,應用的方式自然是自由、開放的。

將配有錄音、錄影的教材設置成教室裡的學習區,提供幼兒個別或小組學習。在自由選區的學習時間,幼兒會按照自己的興趣前來學念母語兒歌或童詩,此時幼兒會自動相互教念,教師也要前來指導、協助。教師也在此時對個別需要的幼兒進行個別指導。除了念誦,隨著CD片之播放之外,教師可在教室內的美術區提供彩色筆和畫紙,使有興趣的幼兒使用,將閱讀區的經驗畫下來、或畫圖、或塗符號,自由發揮。目前我們不刻意教寫字或符號,更何況河洛語語音符號尚未統一。專家發現,現行的符號系統太複雜,對幼兒不易,因此在符號沒有達成共識之前,幼稚園仍保持在圖象階段,符號的學習採取開放式。幼兒閱讀的書籍以圖象為主,符號為輔;幼兒在自然的情形下學會符號的意義。圖象提供了線索,同時也提供了寬廣的想像空間。幼兒先學會念誦後,在CD片協助下聽音,隨時都可以自然的學習閱讀符號,而不是逐字逐音特定時間教授。其實這種方式才符合幼兒語言學習的原理。

因此藉本教材之助，幼稚園在營造一個母語的文化環境，不是在學校的一隅，而是在每間教室的角落裡，溶入了每天的生活中。我們不能依賴這套教材，教師還需要自行尋求資源，配合單元和主題的需要。教材之外，學校裡要開放母語的使用，在生活中允許幼兒使用自己的語言（在幼稚園裡多可使用方言），以及推行各種方式的母語時間，使母語的學習更為生活化。

㈣ 教學活動由經驗開始，與教材連結

所有的教學活動都是以幼兒的經驗為基礎，對母語而言，除了日常生活的會話之外，教學活動中會需要一些教材。因此教材內容也要選取與經驗相關的才是。

但是經驗涉及到直接經驗與間接經驗的問題，幼兒的學習是否一定要限定在直接經驗裡？學習透過直接的操作後，無法避免就會進入書本、各類傳媒，乃至於電腦的資源中，如果幼兒對某個主題有興趣做深入探索的話。如恐龍、沙漠、無尾熊等主題，雖然有些社會資源如博物館、動物園等可以參觀，但是幼兒仍然會超越這個層次，進入資料的探索。

當然了，對某些幼稚園而言，幼兒只停在看得見的社區類主題上，教師帶領也較方便，但對於有閱讀習慣的幼兒而言，一定會要求找資料。自從維高斯基（Vygotsky）提出語言與思維、語言與文化的重要性之後，後皮亞傑的學者們也紛紛提出閱讀的重要。當然，幼兒的閱讀並不是密密麻麻的文字！道納生(M. Donaldson)認為口語語言不足以幫助兒童做深入的探索，她提出書本的好處：可以使人靜下來深思，可以帶著走，可以使人的思維不受現場的限制而提升思維層次等等，問題是，我們讓幼兒「脫離」現場經驗嗎？

在幼兒的生活及經驗分享中，幼兒的經驗早已超越了親身經驗，教師會發現媒體的比重是很大的！又如當幼兒談及某個主題時，有些幼兒會將看過的書告訴大家，知道的事比老師還多！時代在改變，「經驗」的定義還需要再界定。

因此幼兒學習母語雖從直接經驗開始，過程與直接經驗連結，但不限制在直接經驗裡。對書本類資源如此，對其內容而言也如此，與直接經驗相關，把較不普遍的經驗相關的內容，譬如「節日」、「鄉土風情」等，當作備索的資料，但不主動「灌輸」，只提供略帶挑戰性的方案主題作爲探索素材。

七、使用方法

教材之使用固然取決於教師，教師可以發揮個人的創造性，但爲了使教師瞭解本教材設計、創作的精神、建議使用方法如下：

1. 在每個主題的童詩中，基本上依難易程度抽取五至八首各代表不同年齡層的詩歌設計活動。五位作者所提供的詩歌多半適用於四歲以上幼兒，適用於四歲以下或六歲以上的較少。所以如果是混齡編班的園所，使用這套教材較爲方便，稍難一些的詩歌，在較大幼兒的帶領下，較小幼兒也可以學會。至於四歲以下，甚至三歲以下的小小班，就不適用了，尤其是傳統民間的歌謠，平均較難。

2. 「學習重點」涵蓋知、情、意統整的學習。

其中：

(1)幼兒以河洛語念詩歌。

(2)幼兒喜歡用河洛語念詩歌和溝通。

(3)幼兒將河洛語詩歌中的語詞用於日常溝通。

(4)幼兒表現詩歌的韻律和動感。

此四項爲共同學習重點，在各別主題中不重述。「學習重點」以國語陳述，並且爲了留給教師較多空間因而不採用行爲目標的方式書寫。

3. 所設計之活動爲「配合活動」，亦即配合和輔助一單元或主題的活動。「配合活動」在念誦之前或之後進行，這一點在活動過程說明中不再複述。活動多爲念誦之外的其他發展性和應用性活動，如戲劇、繪畫、身體運動、音律、語文遊戲、創作等。

當然這並不表示活動、童詩不能單獨使用，譬如單獨的運動類、扮演類活動等，亦可成爲日常活動的一部分。而童詩本身在幼兒等待的時間、活動中的銜接時間等，也可以很自然的隨時教他們念誦。

此外，活動是建議性的，只要與原來的主活動能搭配得很自然，詩歌的念誦不一定要有一個活動來配合。

4. 配合活動要充分顯示全人教育、統整性的課程特性，所以每首詩配以一個領域的活動，以原來的主題活動爲中心，配合進去而發展出「統整性」的活動。此外，爲確保達成每一個「學習重點」並使活動設計多元而不致過多的同質性，因而將每一首詩設計成不同領域的活動。但基本上每一首詩都可發展爲語文活動，教師可在某一個領域活動後回歸到語文，譬如詞句的應用和創作活動，或將其他領域延伸成語文活動。

事實上，無論是那種領域，任何一個「配合」活動都至少涉及兩個以上的領域。亦即，無論以哪個領域爲引導，由於是「配合」的，所以加上原來的語文活動，「配合」活動的性質都是統合性的，教師必不會只專注於某個領域上。更何況事實上每個「配合」活動其本身都已涉及了多種領域了。

5. 配合活動之整體過程均儘量以河洛語進行。

6. 「配合活動」要能發揮詩歌的教育性功能，能延伸其含義及拓展學習的內容。譬如詩文中引用的地名、水果、物品，乃至於形容詞、動詞，均可視情況而更換，在活動中擴大幼兒的經驗。

7. 「補充資料」：簡易的對話、謎語是爲教師和幼兒預備的，教師選取簡易的用於幼兒。其他均是給教師的學習教材。

河洛語聲調及發音練習
河洛語八聲調

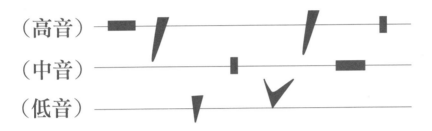

說明：河洛語第一聲，在高音線上，屬高平音，與國語第一聲類似。本書
的羅馬拼音不標符號。

例：獅（sai），風（hong），開（khui），飛（pe），中（tiong），真（
chin），師（su），書（chu），千（chheng）。

河洛語第二聲，由高音起降到中音線上，不屬平音，與國語第四聲類
似。本書羅馬拼音符號由右上斜至左下方向。

例：虎（hó˙），飽（pá），馬（bé），走（cháu），你（lí），九（káu）
，海（hái），狗（káu），紙（choá）。

河洛語第三聲，在低音線位置，屬低下音，國語無類似音。本書羅馬
拼音符號由左上斜至右下方向。

例：豹（pà），氣（khì），四（sì），屁（phùi），臭（chhàu），哭（
khàu），愛（ài），布（pò˙），騙（phiàn）。

河洛語第五聲，在中低音間，聲往下降至低音再向上揚起，類似國語
第三聲，但揚起聲不需太高。本書羅馬拼音符號是倒V字。

例：熊（hîm），龍（lêng），球（kiû），茶（tê），頭（thâu），油（iû），年（nî），蟲（thâng），人（lâng）。

河洛語第六聲和第二聲音調相同，不需使用。

河洛語第七聲在中音線位置，屬中平音，國語無類似音。本書羅馬拼音符號是一橫線。

例：象（chhiūⁿ），飯（pn̄g），是（sī），大（toā），會（hōe），尿（jiō），萬（bān），重（tāng），路（lō•）。

河洛語第四聲，在中音線位置，屬短促音，即陰入聲，國語無類似音。本書羅馬拼音如有以h、p、t、k中任何一字做爲拼音的尾字，即爲第四聲。第四聲與第一聲相同不標示符號，區分在尾字是否代表短聲（入聲），否則爲第一聲。

例：鴨（ah），七（chhit），筆（pit），角（kak），節（cheh），八（pat），答（tap），汁（chiap），殼（khak）。

河洛語第八聲，在高音線位置，屬高短促音，即陽入聲，國語無類似音。與第四聲相同即字尾有以h、p、t、k者爲入聲字，第四聲、第八聲差異在於第四聲無標號，第八聲羅馬拼音以短直線標示於字母上頭。

例：鹿（lo̍k），拾（cha̍p），讀（tha̍k），力（la̍t），學（ha̍k），熱（joa̍h），白（pe̍h），日（ji̍t），賊（chha̍t）。

下面附上河洛語羅馬拼音、國語注音符號河洛語念法簡易對照表，請
參考使用：

羅馬拼音：	1. a	ha	sa	pha	tha	kha
注音符號：	ㄚ	ㄏㄚ	ㄙㄚ	ㄆㄚ	ㄊㄚ	ㄎㄚ
	2. ai	hai	sai	phai	thai	khai
	ㄞ	ㄏㄞ	ㄙㄞ	ㄆㄞ	ㄊㄞ	ㄎㄞ
	3. i	hi	si	phi	thi	khi
	一	ㄏ一	ㄙ一	ㄆ一	ㄊ一	ㄎ一
	4. au	hau	sau	phau	thau	khau
	ㄠ	ㄏㄠ	ㄙㄠ	ㄆㄠ	ㄊㄠ	ㄎㄠ
	5. u	hu	su	phu	thu	khu
	ㄨ	ㄏㄨ	ㄙㄨ	ㄆㄨ	ㄊㄨ	ㄎㄨ
	6. am	ham	sam	tham	kham	
	ㄚㄇ	ㄏㄚㄇ	ㄙㄚㄇ	ㄊㄚㄇ	ㄎㄚㄇ	
	an	han	san	phan	than	khan
	ㄢ	ㄏㄢ	ㄙㄢ	ㄆㄢ	ㄊㄢ	ㄎㄢ
	ang	hang	sang	thang	phang	khang
	ㄤ	ㄏㄤ	ㄙㄤ	ㄊㄤ	ㄆㄤ	ㄎㄤ
	7. ap	hap	sap	thap	khap	
	ㄚㄅ	ㄏㄚㄅ	ㄙㄚㄅ	ㄊㄚㄅ	ㄎㄚㄅ	
	at	hat	sat	phat	that	khat
	ㄚㄉ	ㄏㄚㄉ	ㄙㄚㄉ	ㄆㄚㄉ	ㄊㄚㄉ	ㄎㄚㄉ
	ak	hak	sak	phak	thak	khak
	ㄚㄍ	ㄏㄚㄍ	ㄙㄚㄍ	ㄆㄚㄍ	ㄊㄚㄍ	ㄎㄚㄍ
	ah	hah	sah	phah	thah	khah
	ㄚㄏ	ㄏㄚㄏ	ㄙㄚㄏ	ㄆㄚㄏ	ㄊㄚㄏ	ㄎㄚㄏ

	8. pa	pai	pi	pau	pu	pan	pang
	ㄅㄚ	ㄅㄞ	ㄅ一	ㄅㄠ	ㄅㄨ	ㄅㄢ	ㄅㄤ
	ta	tai	ti	tau	tu	tam	tan	tang
	ㄉㄚ	ㄉㄞ	ㄉ一	ㄉㄠ	ㄉㄨ	ㄉㄚㄇ	ㄉㄢ	ㄉㄤ
	ka	kai	ki	kau	ku	kam	kan	kang
	ㄍㄚ	ㄍㄞ	ㄍ一	ㄍㄠ	ㄍㄨ	ㄍㄚㄇ	ㄍㄢ	ㄍㄤ

9.

ia	hia	sia	khia	tia	kia		
ㄧㄚ	ㄏㄧㄚ	ㄙㄧㄚ	ㄎㄧㄚ	ㄉㄧㄚ	ㄍㄧㄚ		
iau	hiau	siau	khiau	tiau	kiau		
ㄧㄠ	ㄏㄧㄠ	ㄙㄧㄠ	ㄎㄧㄠ	ㄉㄧㄠ	ㄍㄧㄠ		
iu	hiu	siu	phiu	thiu	piu	tiu	kiu
ㄧㄨ	ㄏㄧㄨ	ㄙㄧㄨ	ㄆㄧㄨ	ㄊㄧㄨ	ㄅㄧㄨ	ㄉㄧㄨ	ㄍㄧㄨ
iam	hiam	siam	thiam	khiam	tiam	kiam	
ㄧㄚㄇ	ㄏㄧㄚㄇ	ㄙㄧㄚㄇ	ㄊㄧㄚㄇ	ㄎㄧㄚㄇ	ㄉㄧㄚㄇ	ㄍㄧㄚㄇ	
iang	hiang	siang	phiang	thiang	piang	tiang	
ㄧㄤ	ㄏㄧㄤ	ㄙㄧㄤ	ㄆㄧㄤ	ㄊㄧㄤ	ㄅㄧㄤ	ㄉㄧㄤ	
iah	hiah	siah	phiah	thiah	piah	kiah	
ㄧㄚㄏ	ㄏㄧㄚㄏ	ㄙㄧㄚㄏ	ㄆㄧㄚㄏ	ㄊㄧㄚㄏ	ㄅㄧㄚㄏ	ㄍㄧㄚㄏ	
iak	hiak	siak	phiak	thiak	tiak	kiak	
ㄧㄚㄍ	ㄏㄧㄚㄍ	ㄙㄧㄚㄍ	ㄆㄧㄚㄍ	ㄊㄧㄚㄍ	ㄉㄧㄚㄍ	ㄍㄧㄚㄍ	
iap	hiap	siap	thiap	tiap	kiap		
ㄧㄚㄅ	ㄏㄧㄚㄅ	ㄙㄧㄚㄅ	ㄊㄧㄚㄅ	ㄉㄧㄚㄅ	ㄍㄧㄚㄅ		

10.

la	lai	lau	lu	lam	lap	lat	lak
ㄌㄚ	ㄌㄞ	ㄌㄠ	ㄌㄨ	ㄌㄚㄇ	ㄌㄚㄅ	ㄌㄚㄉ	ㄌㄚㄍ
oa	hoa	soa	phoa	thoa	koa	toa	
ㄨㄚ	ㄏㄨㄚ	ㄙㄨㄚ	ㄆㄨㄚ	ㄊㄨㄚ	ㄍㄨㄚ	ㄉㄨㄚ	
oai	hoai	soai	phoai	thoai	poai	koai	
ㄨㄞ	ㄏㄨㄞ	ㄙㄨㄞ	ㄆㄨㄞ	ㄊㄨㄞ	ㄅㄨㄞ	ㄍㄨㄞ	
ui	hui	sui	phui	thui	kui	tui	
ㄨㄧ	ㄏㄨㄧ	ㄙㄨㄧ	ㄆㄨㄧ	ㄊㄨㄧ	ㄍㄨㄧ	ㄉㄨㄧ	
oan	hoan	soan	khoan	poan	toan	koan	
ㄨㄢ	ㄏㄨㄢ	ㄙㄨㄢ	ㄎㄨㄢ	ㄅㄨㄢ	ㄉㄨㄢ	ㄍㄨㄢ	
oah	hoah	soah	phoah	koah	toah	poah	
ㄨㄚㄏ	ㄏㄨㄚㄏ	ㄙㄨㄚㄏ	ㄆㄨㄚㄏ	ㄍㄨㄚㄏ	ㄉㄨㄚㄏ	ㄅㄨㄚㄏ	
oat	hoat	soat	phoat	thoat	koat	toat	
ㄨㄚㄉ	ㄏㄨㄚㄉ	ㄙㄨㄚㄉ	ㄆㄨㄚㄉ	ㄊㄨㄚㄉ	ㄍㄨㄚㄉ	ㄉㄨㄚㄉ	

11.

e	he	se	phe	oe	hoe	soe	phoe
ㄝ	ㄏㄝ	ㄙㄝ	ㄆㄝ	ㄨㄝ	ㄏㄨㄝ	ㄙㄨㄝ	ㄆㄨㄝ
o	ho	lo	so	io	hio	lio	sio
ㄜ	ㄏㄜ	ㄌㄜ	ㄙㄜ	ㄧㄜ	ㄏㄧㄜ	ㄌㄧㄜ	ㄙㄧㄜ

12.

chha	chhau	chhu	chham	chhap	chhi	chhia
ㄔㄚ	ㄔㄠ	ㄔㄨ	ㄔㄚㄇ	ㄔㄚㄅ	ㄑㄧ	ㄑㄧㄚ
cha	chau	chu	cham	chi	chia	chiau
ㄗㄚ	ㄗㄠ	ㄗㄨ	ㄗㄚㄇ	ㄐㄧ	ㄐㄧㄚ	ㄐㄧㄠ
je	ju	jui	joa	ji	jio	jiu
ㄖㄝ	ㄖㄨ	ㄖㄨㄧ	ㄖㄨㄚ	ㄖㄧ	ㄖㄧㄛ	ㄖㄧㄨ

13.

o˙	ho˙	lo˙	so˙	ong	hong	long	khong
ㄛ	ㄏㄛ	ㄌㄛ	ㄙㄛ	ㄨㄥ	ㄏㄨㄥ	ㄌㄨㄥ	ㄎㄨㄥ
ok	hok	sok	tok	iong	hiong	siong	tiong
ㄛㄍ	ㄏㄛㄍ	ㄙㄛㄍ	ㄉㄛㄍ	ㄧㄨㄥ	ㄏㄧㄨㄥ	ㄙㄧㄨㄥ	ㄉㄧㄨㄥ
iok	hiok	siok	liok	tiok	kiok		
ㄧㄛㄍ	ㄏㄧㄛㄍ	ㄙㄧㄛㄍ	ㄌㄧㄛㄍ	ㄉㄧㄛㄍ	ㄍㄧㄛㄍ		

14.

ba	bah	ban	bat	bi	be	bo
万ㄚ	万ㄚㄏ	万ㄢ	万ㄚㄉ	万ㄧ	万ㄝ	万ㄛ
gau	gi	goa	gu	gui	go˙	gong
兀ㄠ	兀ㄧ	兀ㄨㄚ	兀ㄨ	兀ㄨㄧ	兀ㄛ	兀ㄨㄥ

15.

im	sim	chim	kim	in	lin	pin	thin
ㄧㄇ	ㄙㄧㄇ	ㄐㄧㄇ	ㄍㄧㄇ	ㄧㄣ	ㄌㄧㄣ	ㄅㄧㄣ	ㄊㄧㄣ
ip	sip	khip	chip	it	sit	lit	pit
ㄧㄅ	ㄙㄧㄅ	ㄎㄧㄅ	ㄐㄧㄅ	ㄧㄉ	ㄙㄧㄉ	ㄌㄧㄉ	ㄅㄧㄉ
eng	teng	seng	peng	ek	tek	sek	kek
ㄧㄥ	ㄉㄧㄥ	ㄙㄧㄥ	ㄅㄧㄥ	ㄝㄍ	ㄉㄝㄍ	ㄙㄝㄍ	ㄍㄝㄍ
ian	sian	thian	khian	iat	siat	piat	thiat
ㄧㄢ	ㄙㄧㄢ	ㄊㄧㄢ	ㄎㄧㄢ	ㄧㄚㄉ	ㄙㄧㄚㄉ	ㄅㄧㄚㄉ	ㄊㄧㄚㄉ
un	hun	sun	tun	ut	hut	kut	chut
ㄨㄣ	ㄏㄨㄣ	ㄙㄨㄣ	ㄉㄨㄣ	ㄨㄉ	ㄏㄨㄉ	ㄍㄨㄉ	ㄗㄨㄉ

16.

a^n	sa^n	ta^n	ka^n	ti^n	chi^n	ia^n	iu^n
ㄚ°	ㄙㄚ°	ㄉㄚ°	ㄍㄚ°	ㄉㄧ°	ㄐㄧ°	ㄧㄚ°	ㄧㄨ°

17.

ma	mia	moa	mau	na	ni	nau	niau
ㄇㄚ	ㄇㄧㄚ	ㄇㄨㄚ	ㄇㄠ	ㄋㄚ	ㄋㄧ	ㄋㄠ	ㄋㄧㄠ
nga	ngi	nge	ngau	m	ng	sng	kng
兀°ㄚ	兀°ㄧ	兀°ㄝ	兀°ㄠ	ㄇ	ㄥ	ㄙㄥ	ㄍㄥ

河洛語羅馬字母及台灣語言音標對照表

聲母

河洛語羅馬字	p ph b m t th l n
台灣語言音標	p ph b m t th l n

河洛語羅馬字	k kh g ng h ch chh j s
台灣語言音標	k kh g ng h c ch j s

韻母

河洛語羅馬字	a ai au am an ang e eng i ia iau iam ian iang
台灣語言音標	a ai au am an ang e ing i ia iau iam ian iang

河洛語羅馬字	io iong iu im in o oe o͘ ong oa oai oan u ui un
台灣語言音標	io iong iu im in o ue oo ong ua uai uan u ui un

鼻音

河洛語羅馬字	a^n ai^n au^n e^n i^n ia^n iau^n
台灣語言音標	ann ainn aunn enn inn iann iaunn

河洛語羅馬字	iu^n $io^{•n}$ $o^{•n}$ oa^n oai^n ui^n
台灣語言音標	iunn ioonn oonn uann uainn uinn

入聲

河洛語羅馬字	ah auh eh ih iah iauh ioh iuh
台灣語言音標	ah auh eh ih iah iauh ioh iuh

河洛語羅馬字	oh oah oaih oeh uh uih
台灣語言音標	oh uah uaih ueh uh uih

河洛語羅馬字	ap ip op iap
台灣語言音標	ap ip op iap

河洛語羅馬字	at it iat oat ut
台灣語言音標	at it iat uat ut

河洛語羅馬字	ak iok iak ek ok
台灣語言音標	ak iok iak ik ok

聲調

調　　　　　類	陰平	陰上	陰去	陰入	陽平	陽去	陽入
調　　　　　名	一聲	二聲	三聲	四聲	五聲	七聲	八聲
河洛語羅馬字	不標調	／	＼	不標調	∧	－	｜
台灣語言音標	1	2	3	4	5	7	8

大家來讀河洛語

　　語言文字是民族文化的結晶，過去的文化靠著它來流傳，未來的文化仗著它來推進。人與人之間的意見和感情，也透過語言文字來溝通。

　　學習母語是對文化的深度探索，書中的童言童語，取材自鄉土文化，充分表現臺語文學的幽默、貼切和傳神，讓人倍感親切。其押韻及疊字之巧妙運用，不但呈現聲韻之美，也讓讀者易念易記，詩歌風格的課文，使讀者念起來舒暢，聽起來悅耳。

特色之一

　　生動有趣的課文，結合日常生活經驗，讓初學者能夠很快的琅琅上口，並且流暢的表達思想和情意，是語文教材編製的目標和理想。

特色之二

本書附有（1）河洛語聲調及發音練習【 河洛語羅馬拼音、國語注音符號河洛語念法簡易對照表 】（2）河洛語羅馬字母及台灣語言音標對照表，方便讀者查閱參考使用。

　　本書是一套學習與補充教材，策劃初期是為幼稚園老師所編著的，但由於內容兼具人文化、生活化、趣味化，同時富有啟發性及統合性，增廣本套書的適用性，無論是幼兒、學齡兒童、青少年或成人，只要是想多瞭解河洛語、學習正統河洛語的人，採用這套教材將是進修的最佳選擇！

主題十六
好厝邊（社區）

學習重點：

一、用河洛語表達社區生活。

二、發現社區生活的樂趣。

三、發現社區精神、互助、合作。

四、知道睦鄰的方法。

五、喜愛與鄰里相處。

壹、本文

一、里長伯仔
Lí tiúⁿ peh á

里 長 伯 仔 眞 趣 味，
Lí tiúⁿ peh á chin chhù bī

大 細 代 誌 插 艙 離，
tōa sè tāi chì chhap bē lī

上 愛 廣 播 喝 細 膩，
siōng ·ài kóng pò hoah sè jī

賊 仔 驚 甲 走 去 匿。
chha̍t á kiaⁿ kah cháu khì bih

(一)註解：（河洛語──國語）

1. 眞趣味(chin chhù bī) ──很有意思
2. 大細代誌(tōa sè tāi chì) ──大小事物
3. 插艙離(chhap bē lī) ──管不停
4. 上愛(siōng ài) ──最愛
5. 喝細膩(hoah sè jī) ──呼籲要小心
6. 賊仔(chha̍t á) ──小偷
7. 驚甲(kiaⁿ kah) ──嚇得
8. 走去匿(cháu khì bih) ──躲起來

㈡**應用範圍**：

1. 四歲以上幼兒。
2. 有關幫助我們的人的單元、方案。
3. 有關社區鄰里的單元、方案。

㈢**配合活動**：

配合社區的主題探索後，以河洛語進行以下活動。

1. 教念「里長伯仔」。
2. 請幼兒發表分享：
   ⑴知不知道自己家的里長是誰？
   ⑵里長都是在做些什麼？可以幫我們做什麼服務？
3. 拜訪里長的家；討論還想知道里長的哪些事情？可請幼兒拜訪自己的里長，問他們做些什麼事？畫下並請教師用文字記錄說明於旁。
4. 選舉班上「熱心小天使」。
   ⑴討論有什麼條件才可以當選「熱心小天使」。
   ⑵討論選舉方式：投票、舉手表決等。
   ⑶正式選舉。
5. 選舉結果分享，請幼兒各自給他（她）一句感謝或稱讚的話。

㈣**教學資源**：

投票紙箱、小紙籤

㈤相關學習：

社會情緒、語言溝通

二、什麼車？
Sím mih chhia

什　麼　車　會　閃　熠　？
Sím mih chhia ē siám sih

什　麼　車　有　紅　十　字　？
Sím mih chhia ū âng sip jī

什　麼　車　青　青　青　？
Sím mih chhia chhiⁿ chhiⁿ chhiⁿ

什　麼　車　紅　記　記　？
Sím mih chhia âng kì kì

警　察　車　會　閃　熠　，
Kèng chhat chhia ē siám sih

救　護　車　有　紅　十　字　，
kiù hō· chhia ū âng sip jī

郵　局　的　車　青　青　青　，
iû kiỏk ê chhia chhiⁿ chhiⁿ chhiⁿ

拍　火　車　是　紅　記　記　。
phah hóe chhia sī âng kì kì

(一)註解：（河洛語──國語）

1. 閃熠(siám sih) ──一閃一閃地
2. 青青青(chhiⁿ chhiⁿ chhiⁿ) ──綠綠的
3. 紅記記(âng kì kì) ──紅紅的
4. 拍火車(phah hóe chhia) ──消防車

㈡應用範圍：

1. 四歲以上幼兒。
2. 有關社區守望相助的單元、方案或活動。
3. 有關交通工具單元、方案或活動。

㈢配合活動：

1. 幼兒在探索相關的主題後，老師帶領幼兒，念誦「什麼車」並討論生活中所見到的車子。
2. 將生活中的各種車做成圖片、字卡，種類不限定在詩文內。
3. 將幼兒分兩組，一組戴色卡背面為文字，一組戴圖片。由戴色卡的幼兒念兒歌的前半段，戴圖片的幼兒邊念邊「開著車」找到和他相配的戴色卡的幼兒那邊。
4. 採取唱的方式如「什麼尖尖，尖上天」的調子，去尋找配對卡。
5. 活動結束可將圖卡放在語文區讓幼兒自由配對。

㈣教學資源：

車子圖片、色卡（背面為文字以做提示）

㈤相關學習：

認知及語言溝通、社會情緒

三、三角公園
Saⁿ　kak　kong　hⁿg

三　角　公　園　大　樹　脚，
Saⁿ　kak　kong　hⁿg　tōa　chhiū　kha

有　人　跳　舞，
ū　lâng　thiàu　bú

有　人　唱　歌，
ū　lâng　chhiùⁿ　koa

有　人　在　沃　花，
ū　lâng　teh　ak　hoe

有　人　掃　土　脚，
ū　lâng　sàu　thô·　kha

大　家　攏　眞　愛　來　遮。
tāi　ke　lóng　chin　ài　lâi　chia

(一)註解：（河洛語──國語）

1. 大樹脚(tōa chhiū kha) ──大樹下

2. 沃花(ak hoe) ──澆花

3. 掃土脚(sàu thô· kha) ──掃地

4. 攏(lóng) ──都

5. 愛來遮(ài lâi chia) ──喜歡來這裡

(二)應用範圍：

1. 四歲以上幼兒。
2. 有關社區的主題。

㈢配合活動：

1. 老師帶領幼兒用河洛語討論分享曾經去公園玩耍的經驗，
   例：⑴公園裡有什麼？溜滑梯、溜冰場、草地、大樹……
   　　⑵通常你去公園都做些什麼事或看到別人在做些什麼
   　　　事？溜冰、跳舞、唱歌、澆花、掃地……

2. 將兒歌「三角公園」念誦一遍。

3. 教師進行一問一答的念誦遊戲：
   念至「有人跳舞」時，可由教師或幼兒接著問「跳什麼舞？」
   另一答：「土風舞」、「恰恰」……
   念至「有人唱歌」時，一邊接問「唱什麼歌？」另一答：「唱
   山歌」、「唱囡仔歌」……
   念至「有人沃花」時，一邊接問「沃什麼花？」另一答：「沃
   玫瑰花」、「沃圓仔花」……

4. 選放各式音樂如「呃呃銅仔」……等台語童歌民謠等，或用樂
   器鈴鼓……等，敲出輕重快慢不同的節拍，讓幼兒隨著音樂做
   出肢體扮演模仿「唱歌」、「跳舞」、「澆花」、「掃地」等動
   作，並用河洛語說出正在表演的動作。

㈣教學資源：

各種音樂錄音帶、錄音機

㈤相關學習：

音樂律動及認知、語言溝通

四、阮兜附近
Gún tau hū kīn

踮佇遮　眞四是
Tòa tī chia　chin sù sī

買魚買肉去超市
Bé hî bé bah khì chhiau chhī

感冒發燒有病院
Kám mō· hoat sio ū pēⁿ īⁿ

郵局予人寄批及寄錢
Iû kiok hō· lâng kià phoe kap kià chîⁿ

阿公阿媽愛去公園跳舞念
A kong a má ài khì kong hn̂g thiàu bú liām

歌詩
koa si

較唱都唱彼條「思想枝」
Khah chhiùⁿ to chhiùⁿ hit tiâu su sióng ki

(一)註解：（河洛語──國語）

1. 阮兜(gún tau)──我家

2. 踮佇遮(tòa tī chia)──住在這裏

3. 四是(sù sī)──方便舒適

4. 病院(pēⁿ īⁿ)──醫院

5. 予(hō·)──給

6. 寄批(kià phoe)──寄信

7. 寄錢(kià chîⁿ)──存錢

8. 較(khah) ——再
9. 彼(hit) ——那

㈡應用範圍：

1. 四歲以上幼兒。
2. 有關社區的單元或方案。
3. 有關鄰里的活動。

㈢配合活動：

1. 配合社區的深入探索活動，教師請幼兒用河洛語分享自己的住家環境有那些機構或商店。
2. 教師將幼兒所提出的社區組織一一整理出來，帶領幼兒念「阮兜附近」。
3. 教師請幼兒將自家的社區環境分別畫下來，彼此分享住家的便利和自己的喜愛。
4. 幼兒選擇社區中的一種或數種機構佈置教室做扮演活動，如超市的買賣活動等。
5. 教師請幼兒根據自家的環境，用「阮兜附近」的句子結構，說出自己的話，並試著改變語句。

㈣教學資源：

美術區材料

㈤相關學習：

認知、創造、語言溝通、社會情緒

五、厝邊兜
Chhù piⁿ tau

柚 仔 是「林 媽 媽」的 阿 母 種
Iū á sī ㄌㄧㄣ² ㄇㄚ ㄇㄚ ê a bú chèng
的 。
ê

龍 眼 是「吳 媽 媽」的 阿 兄 種
Lêng géng sī ㄨ² ㄇㄚ ㄇㄚ ê a hiaⁿ chèng
的 。
ê

枝 仔 是「陳 媽 媽」的 阿 公 種
Pàt á sī ㄔㄣ² ㄇㄚ ㄇㄚ ê a kong chèng
的 。
ê

媽 媽， 咱 送 佮 阿 媽 種 的 番
Ma ma lán sàng in a má chèng ê han
薯 好 無 ？
chî hó bô

(一)**註解：（河洛語──國語）**

1. 厝邊兜(chhù piⁿ tau) ──鄰居
2. 柚仔(iū á) ──柚子
3. 阿母(a bú) ──媽媽
4. 阿兄(a hiaⁿ) ──哥哥
5. 枝仔(pàt á) ──番石榴

6. 阿公(a kong) ──祖父

7. 咱(lán) ──我們

8. 個(in) ──他們

9. 阿媽(a má) ──祖母

10. 好無(hó bô) ──好嗎

㈡應用範圍：

1. 五歲以上幼兒。

2. 有關敦親睦鄰的方案或單元。

3. 有關節目或日常餐點的活動。

㈢配合活動：

1. 和幼兒討論節慶的送禮經驗或相關習俗，將兒歌「厝邊兜」念誦一遍。

2. 討論比較「柚仔」、「龍眼」、「枝仔」、「番薯」長的樣子。顏色及味道，水果不限定在「厝邊兜」的內容。可配合實物模型、圖片、書籍等，讓幼兒觸摸、觀看。

3. 藝術：可用陶土、紙黏土、廢物做出各水果造型等作品並將作品送與一位好朋友相互交換。亦可配合故事或劇本進行以上活動。

4. 用河洛語來發表分享接受的感受。

㈣**教學資源**：

水果圖片、模型、陶土、紙黏土、廢物、水彩

㈤**相關學習**：

創造、語言溝通、認知、社會情緒

貳、親子篇

好　厝　邊
Hó　chhù　piⁿ

好　厝　邊，　好　厝　邊，
Hó　chhù　piⁿ，　hó　chhù　piⁿ

大　家　見　面　笑　咪　咪。
tāi　ke　kiⁿ　bīn　chhiò　bi　bi

你　共　我　鬥　摒　糞　埽，
Lí　kā　góa　tàu　piàⁿ　pùn　sò

我　共　你　顧　囝　仔　嬰。
góa　kā　lí　kò͘　gín　á　iⁿ

你　請　我　食　茶，
Lí　chhiáⁿ　góa　chia̍h　tê

我　請　你　飲　咖　啡。
góa　chhiáⁿ　lí　lim　ka　pi

(一)註解：（河洛語──國語）

1. 好厝邊(hó chhù piⁿ) ──好鄰居

2. 共我(kā góa) ──替我

3. 鬥(tàu) ──幫忙

4. 摒糞埽(piàⁿ pùn sò) ──倒垃圾

5. 顧(kò͘) ──照顧

6. 囝仔嬰(gín á iⁿ) ──小嬰兒

7. 食茶(chiah tê) ——喝茶
8. 飲(lim) ——喝

㈡活動過程：

1. 請家長帶著幼兒拜訪鄰居。
2. 訪問之前和幼兒討論拜訪人家應該注意的事情。
3. 拜訪時可同時邀請鄰居到家中作客。
4. 親子一起念誦「好厝邊」。

叁、補充參考資料

一、生活會話：

相借問

小英：
小華：阿伯、阿姆，勢早。

阿伯：
阿姆：勢早。

小英：阿伯、阿姆，恁食飽未？

阿伯：阮食飽啊！恁欲去叨位？

小華：阮欲來去附近的店仔買物件。

阿姆：著細膩行呼！欲過路著看有車無？

小英：多謝阿伯、阿姆，阮欲來去啊！再見！

阿伯：
阿姆：再見！

Sio chioh mn̄g

Sió eng：
Sió hôa：A peh、a ḿ，gâu chá。

A peh：
A ḿ　：Gâu chá。

Sió eng：A peh、 a ḿ，lín chia̍h pá bōe？

A peh：Gún chiah pá a！lín beh khì tó ūi？

Sió hôa：Gûn beh lâi khì hù kīn ê tiàm á bé mih kiāⁿ。

A ḿ：Tiòh sè jī kiâⁿ hò·h！Beh kòe lō· tiòh khòaⁿ ū chhia
　　　bô？

A eng：To siā a peh、a ḿ，gún beh lâi khì a！Chài kiàn！

A peh：
　　　Chài kiàn！
A ḿ　：

二、參考語詞：（國語——河洛語）

1. 社區——社區(siā khu)

2. 活動中心——活動中心(oàh tōng tiong sim)

3. 公園——公園(kong hn̂g)

4. 環境——環境(khoân kéng)

5. 商店——店仔(tiàm á)

6. 超級市場——超級市場(chhiau kip chhī tiūⁿ)

7. 便利商店——便利商店(piān lī siong tiàm)

8. 消防隊——消防隊(siau hông tūi)

9. 消防車——拍火車；消防車(phah hóe chhia; siau hông
　　　chhia)

10. 醫院——病院(pēⁿ īⁿ)

11. 診所——診所(chín só·)

12. 衛生所——衛生所(ōe seng só·)

13. 郵局——郵局(iû kiòk)

14. 雜貨店——雜貨店；籤仔店(chàp hòe tiàm; kám á tiàm)

15. 警察局——警察局(kèng chhat kiok)

16. 派出所——派出所(phài chhut só͘)

17. 洗衣店——洗衫仔店(sé saⁿ á tiàm)

18. 美容院——美容院(bí iông īⁿ)

19. 理髮廳——理髮廳(lí hoat thiaⁿ)

20. 加油站——加油站(ka iû chām)

21. 水電行——水電行(chúi tiān hâng)

22. 文具店——文具店(bûn khū tiàm)

23. 水果店——果子店(kóe chí tiàm)

24. 路邊攤——路邊攤仔(lō͘ piⁿ tàⁿ á)

25. 大廈——大樓(tōa lâu)

26. 公寓——公寓(kong ú; kong gū)

27. 國民住宅——國民住宅(kok bîn chū thèh)

28. 市場——市場；菜市仔(chhī tiūⁿ; chhài chhī á)

29. 照相館——翕相館(hip siòng koán)

30. 教堂——教堂；禮拜堂(kàu tn̂g; lé pài tn̂g)

31. 廟宇——廟(biō)

32. 飲食店——料理仔店(liāu lí á tiàm)

33. 服務中心——服務中心(hȯk bū tiong sim)

34. 托兒所——托兒所(thok jî só͘)

三、謎語：

1. 樹頂一塊碗，雨來貯𣍐滿。

   Chhiū téng chit tè oáⁿ, hō͘ lâi té bē móa。

（猜一種居所）

答：鳥岫（鳥巢）

2. 出門一蕊花，入門一條瓜。

Chhut mn̂g chi̍t lúi hoe, ji̍p mn̂g chi̍t tiâu koe。

（猜一種家庭用品）

答：雨傘

3. 目睭大大蕊，食油也食水，腹肚有生嘴，那走那放屁。

Ba̍k chiu tōa tōa lúi, chia̍h iû iā chia̍h chúi, pak tó͘ ū seⁿ chhùi, ná cháu ná pàng phùi。

（猜一種交通工具）

答：公共汽車

四、俗諺：

1. 一位蹛，一位熟。

Chi̍t ūi tòa, chi̍t ūi se̍k。

（人住一個地方，熟一個地方。）

2. 人情留一線，日後好相看。

Jîn chêng lâu chi̍t sòaⁿ, ji̍t āu hó sio khòaⁿ。

（雖與人爭執，要留點情面。）

3. 千金買厝，萬金買厝邊。

Chhian kim bé chhù, bān kim bé chhù piⁿ。

（住家以左右環境最重要。）

4. 遠親，不如近鄰。

Oán chhin, put jû kīn lîn。

（遠處的親人，比不過左右鄰居的好。）

5. 拆東籬，補西壁。

Thiah tang lî, pó͘ sai piah。

（拆東補西。）

6. 事大事細，見面就煞。

Sū tōa sū sè, kìⁿ bīn chiū soah。

（任何事，見了面就容易解決。）

7. 予人方便，家己方便。

Hō͘ lâng hong piān, ka kī hong piān。

（凡事先為他人設想，自己也能得利。）

8. 一人一家代，公媽隨人在。

Chi̍t lâng chi̍t ke tāi, kong má sûi lâng chhāi。

（互不相干，個人自掃門前雪。）

9. 無好厝邊，相連累。

Bô hó chhù piⁿ, sio liân lūi。

（左鄰右舍不好，自己也會受累。）

10. 磚的，徙去石的。

Chng ê, sóa khì chio̍h ê。

（地方越遷越差，越壞。）

五、方言差異：

㈠方音差異

1. 細　sè/sòe
2. 獪　bē/bōe
3. 細膩　sè jī/sòe jī
4. 青　chheⁿ/chhiⁿ
5. 拍火車　phah hóe chhia/phah hé chhia
6. 買　bé/bóe
7. 病院　pēⁿ īⁿ/pīⁿ īⁿ
8. 龍眼　lêng géng/gêng géng
9. 番薯　han chî/han chû

㈡語詞差異

1. 拍火車　phah hóe chhia／消防車　siau hông chhia

六、異用漢字：

1. (tāi chì) 代誌／事志／載志
2. (bē) 獪／袂／昧
3. (siōng) 上／尚
4. (sím mih) 什麼／啥物

5. (phah) 拍／扑／打

6. (thô· kha) 土腳／塗跤

7. (lâng) 人／儂／農

8. (tī) 佇／置／在

9. (hō·) 予／乎

10. (kap) 及／佮

11. (khah) 較／卡

12. (hit) 彼／那

13. (chhù) 厝／茨

14. (ê) 的／兮／个

15. (kā) 共／給

16. (gín á) 囝仔／囡仔

17. (lim) 飲／啉

主題十七
一路駛到台北市（交通）

學習重點：

一、能用河洛語正確說出常見交通工具的名稱。

二、養成正確搭乘交通工具的好規矩。

三、能辨別各類的交通工具。

四、喜歡使用大眾運輸工具。

壹、本文

一、火車
Hóe chhia

火 車 在 行 行 鐵 枝，
Hóe chhia teh kiâⁿ kiâⁿ thih ki

一 路 駛 到 台 北 市，
chit lō· sái kàu Tâi pak chhī

都 市 囝 仔 眞 趣 味，
to· chhī gín á chin chhù bī

看 著 火 車 笑 嘻 嘻。
khòaⁿ tióh hóe chhia chhiò hi hi

㈠註解：（河洛語──國語）

1. 行(kiâⁿ) ──走
2. 鐵枝(thih ki) ──鐵軌
3. 駛到(sái kàu) ──開到
4. 囝仔(gín á) ──孩子
5. 眞趣味(chin chhù bī) ──很有意思
6. 看著(khòaⁿ tióh) ──看到

㈡適用範圍：

1. 四歲以上幼兒。
2. 與交通工具及旅遊相關的單元、方案或活動。

㈢配合活動：

1. 教師和幼兒在教室地上以繩子及小椅子或其他工具拉成如鐵軌（雙軌），並設置不同的月台，例如板橋、松山、台北、萬華……等等。
2. 幼兒排成一列，模仿火車。
3. 每一站皆有一名站長，站長帶著練習以河洛語說出地名，當火車快靠站時，需說出，「台北到啊、台北已經到啊——」。
4. 火車每到一站需念讀出課文首二句，「火車在行行鐵枝，一路駛到××」。
5. 教師將本活動出現之交通工具提出：飛機、腳踏車、娃娃車、公共汽車、捷運……等復習數次。
6. 教師與幼兒一起討論，更改站名，然後逐漸替換練習，如：「鐵馬在騎騎大路，一路騎到××」，「飛機在飛飛天頂，一路飛到×××」……
7. 活動結束前再將本首歌謠完整地念讀數次。

㈣教學資源：

語詞卡或圖卡、佈置月台用材料

㈤相關學習：

認知、節奏、創造與表現

二、坐飛機
Chē　hui　ki

坐　飛　機，看　天　頂，
Chē　hui　ki　khòaⁿ　thiⁿ　téng

坐　大　船，看　海　湧，
chē　tōa　chûn　khòaⁿ　hái　éng

坐　火　車，看　風　景，
chē　hóe　chhia　khòaⁿ　hong　kéng

坐　公　車，錢　較　省，
chē　kong　chhia　chîⁿ　khah　séng

坐　牛　車，順　續　會　當　挽　龍　眼。
chē　gû　chhia　sūn　sòa　ē　tàng　bán　lêng　géng

(一)註解：（河洛語——國語）

1. 天頂(thiⁿ téng) ——天上；天空
2. 海湧(hái éng) ——海浪
3. 順續(sūn sòa) ——順便
4. 會當(ē tàng) ——可以
5. 挽(bán) ——摘

(二)應用範圍：

1. 三歲以上幼兒。
2. 有關交通的主題或單元。

㈢配合活動：

1. 教師帶領幼兒圍成圈，播放錄製好的交通工具聲，如飛機、船 汽笛……等等。讓幼兒猜是什麼，在哪兒？

2. 猜對的小朋友出列，運用肢體表現交通工具的特徵，如排長龍 代表火車等。

3. 想像陸海空世界還有哪些生物？具有上述交通工具特性時， 就玩語句接力，如：「坐飛機，親像鳥仔在飛，坐大船，親像魚 仔在泅」……等。

4. 討論分享，數數認識幾種，還少了什麼。教師可再介紹其它交 通工具。從經驗中分享這些交通工具的速度、功用和自己的喜 好。

5. 一起用河洛語念誦「坐飛機」。

㈣教學資源：

錄音機、錄音帶

㈤相關學習：

認知及語言溝通、音律、創造表現、身體感官

三、公共汽車

Kong kiōng khì chhia

臆看覓，想看覓，
Ioh khòa^{n} māi siū^{n} khòa^{n} māi

兩蕊目睭大大蕊，
nn̄g lúi ba̍k chiu tōa tōa lúi

大大腹肚有生喙，
tōa tōa pak tó· ū se^{n} chhùi

會行會走免腳腿，
ē kiâ^{n} ē cháu bián kha thúi

無尻川閣會放屁。
bô kha chhng koh ē pàng phùi

(一)註解：（河洛語——國語）

1. 臆看覓(ioh khòa^{n} māi) ——猜猜看
2. 想看覓(siū^{n} khòa^{n} māi) ——想想看
3. 蕊(lúi) ——眼睛的量詞
4. 目睭(ba̍k chiu) ——眼睛
5. 腹肚(pak tó·) ——肚子
6. 會行會走(ē kiâ^{n} ē cháu) ——會走會跑
7. 尻川(kha chhng) ——屁股
8. 閣(koh) ——還

㈡應用範圍：

1. 四歲以上幼兒。
2. 有關行的活動、單元或主題。
3. 有關汽車的活動、單元或主題。

㈢配合活動：

在相關主題探索中：

1. 師生共同製作龍貓公車。
2. 讓幼兒自由選擇角色的扮演，如有人賣票，有人當司機等。
3. 活動進行中，乘客會排隊買票、上下車或等候公車。
4. 念誦「公共汽車」，並以此為主題做集體的肢體創作。
5. 師生共同分享討論，並用河洛語念誦「公共汽車」。

㈣教學資源：

各類廢物紙箱、材質，製作龍貓公車

㈤相關學習：

創造與表現、小肌肉運動、身體與感覺、社會情緒、認知、音律

四、騎鐵馬
Khiâ　thih　bé

猴　山　仔　猴　山　仔　騎　鐵　馬，
Kâu　san　á　kâu　san　á　khiâ　thih　bé

身　軀　矮　矮　脚　短　短，
seng　khu　é　é　kha　té　té

踦　起　踦　落　繪　曉　坐，
peh　khí　peh　lòh　bē　hiáu　chē

只　好　牽　咧　玲　瓏　踅。
chí　hó　khan　leh　lin　long　sèh

(一)註解：（河洛語──國語）

1. 猴山仔(kâu san á) ──小猴子

2. 鐵馬(thih bé) ──脚踏車

3. 身軀(seng khu) ──身體

4. 踦起踦落(peh khí peh lòh) ──爬上爬下

5. 繪曉(bē hiáu) ──不會

6. 牽咧(khan leh) ──牽著

7. 玲瓏踅(lin long sèh) ──團團轉

(二)應用範圍：

1. 五歲以上幼兒。

2. 有關交通安全單元、方案或活動。

㈢配合活動：

1. 幼兒二人一組，按照教師口令動作，如教師說現在腳掌對腳掌、手掌對手掌、手指頭對手指頭、手臂對手臂、手掌提腳掌等做出操作腳踏車的動作。若是腳對腳則必須躺下來，其他則姿勢可以是站、可以是坐、可以是直立、可以是彎腰。
2. 音樂快時動作就快，音樂慢時動作就慢。
3. 兒歌結束時和自己的搭檔猜拳，贏的繼續找人玩，輸的則坐到一旁幫忙念兒歌。
4. 最後的幼兒便是勝利者。
5. 敎念「騎鐵馬」。
6. 由優勝者當小老師帶領全班熟念「騎鐵馬」。

㈣教學資源：

錄音機、錄音帶、小腳踏車

㈤相關學習：

大肌肉運動及身體感覺、語言溝通、音律、社會情緒

五、娃娃車
Oa　oa　chhia

娃　娃　車，你　眞　好，
Oa　oa　chhia　lí　chin　hó

載　我　去　讀　册，
chài　góa　khì　thak　chheh

載　我　去　迌　迌，
chài　góa　khì　chhit　thô

我　會　好　好　仔　來　起　落。
góa　ē　hó　hó　á　lâi　khí　lòh

㈠註解：（河洛語──國語）

1. 讀册(thak chheh)──讀書

2. 迌迌(chhit thô)──遊玩

3. 好好仔(hó hó á)──好好的；小心的

4. 起落(khí lòh)──上下

㈡應用範圍：

1. 三歲以上幼兒。

2. 有關行的單元或主題。

3. 有關安全教育的活動。

㈢配合活動：

1. 集體創作，利用紙箱紙板做成娃娃車。
2. 椅子當幼兒的家、設立各站。一位幼兒扮演駕駛叔叔，教師當隨車老師，沿路停靠載小朋友，並打招呼「××早安！我們現在一起去接○○」。
3. 幼兒依序排隊上下車，並念誦「娃娃車」。
4. 分享搭乘娃娃車應注意事項，並請平日搭娃娃車的幼兒分享感覺及經驗、見聞。

㈣教學資源：

紙箱、紙板

㈤相關學習：

社會情緒、語言溝通、認知、感官、創造

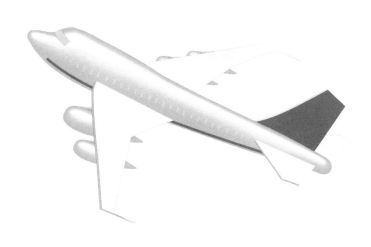

貳、親子篇

一、坐 捷 運
Chē chiàt ūn

坐	捷	運	眞	稀	奇	
Chē	chiàt	ūn	chin	hi	kî	
買	票	驗	票	攏	機	器
bé	phiò	giām	phiò	lóng	ke	khì
台	語	客	語	A	B	C
Tâi	gí	Kheh	gí	A	B	C
閣	會	共	你	講	多	謝 你
koh	ē	kā	lí	kóng	to	siā lí
大	家	坐	甲	笑	嘻	嘻
tāi	ke	chē	kah	chhiò	hi	hi

二、坐 捷 運
Chē chiàt ūn

坐	捷	運	眞	趣	味
Chē	chiàt	ūn	chin	chhù	bī
木	柵	線	無	司	機
Bak	sa	sòaⁿ	bô	su	ki
淡	水	線	好	景	致
Tām	chúi	sòaⁿ	hó	kéng	tì
中	和	線	藏	水	采
Tiong	hô	sòaⁿ	chhàng	chúi	bī

新　店　線　　看　溪　魚
Sin　tiàm　sòaⁿ　khòaⁿ　khe　hî
南　港　線　通　龍　山　寺
Lâm　káng　sòaⁿ　thàng　Liông　san　sī

㈠**註解**：（河洛語──國語）

1. 攏(lóng)──都
2. 閣會(koh ē)──又會
3. 坐甲(chē kah)──坐得
4. 趣味(chhù bī)──有意思
5. 景致(kéng tì)──風景
6. 藏水采(chhàng chúi bī)──潛水

㈡**活動過程**：

1. 請家長帶幼兒搭乘捷運時，能用河洛語介紹各個站名。
2. 觀看捷運車及站內各種特色：例如捷運車的顏色，購票方式，進出站收票情形，月台地上有不可超過範圍黃線，地上並有圓形閃示燈以指示車將進站，車站有殘障專用電梯等事項。
3. 利用實際坐捷運車，親子共同製作一本旅遊手冊，來記錄及繪畫不同站有那些遊樂或參觀的據點，例如：木柵線可到動物園，淡水站可坐渡船，劍潭站可逛士林夜市，海洋生活館，圓山站有美術館、兒童育樂中心，石牌站有天母公園等。
4. 親子共同討論兒歌內容並念誦「坐捷運」。

叁、補充參考資料

一、生活會話：

坐車

老師：小朋友，恁今仔日坐什麼車來學校？

小朋友：老師，我坐娃娃車來。

小朋友：媽媽牽我行路來。

老師：老師問恁，欲去動物園坐什麼車？

小朋友：坐bah suh（公共汽車）。

小朋友：嘛會使坐捷運車。

老師：欲去高雄咧？

小朋友：汽車、火車、飛機攏會到。

老師：坐車、行路上要緊著注意什麼？

小朋友：著注意安全。

Chē chhia

Lāi su：Sió pêng iú，lín kin á ji̍t chē sím mih chhia lâi ha̍k
　　　　hāu？

Sió pêng iú：Lāu su，góa chē oa oa chhia lâi。

Sió pêng iú：Ma ma khan góa kiâ^n lō͘ lâi。

Lāu su：Lāu su mn̄g lín，beh khì tōng bu̍t hn̂g chē sím mih
　　　　chhia？

Sió pêng iú：Chē bah suh(kong kiōng khì chhia)。

Sió pêng iú：Mā ē sái chē chiạt ūn chhia。

Lāu su：Beh khì Ko hiông leh？

Sió pêng iú：Khì chhia、hóe chhia、hui ki lóng ē kàu。

Lāu su：Chē chhia、kiân lō͘ siōng iàu kín tiọh chù ì sím
mih？

Sió pêng iú：Tiọh chù ì an choân。

二、參考語詞：（國語──河洛語）

1. 火車──火車(hóe chhia)

2. 汽車──汽車(khì chhia)

   自動車(chū tōng chhia)

3. 機車──機車(ki chhia)

4. 牛車──牛車(gû chhia)

5. 馬車──馬車(bé chhia)

6. 卡車──卡車(khah chhia/tho͘ la kuh)

7. 公共汽車──公共汽車(kong kiōng khì chhia)

   公車(kong chhia/bah suh)

8. 計程車──計程車(kè thêng chhia)

9. 小轎車──烏頭仔車(o͘ thâu á chhia)

10. 三輪車──三輦車(saⁿ lián chhia)

11. 捷運車──捷運車(chiạt ūn chhia)

12. 腳踏車──腳踏車(kha tạh chhia)

    鐵馬(thih bé)

孔明車(khóng bêng chhia)

自轉車(chū choán chhia)

13. 飛機——飛機(hui ki)

飛行機(hui hêng ki)

14. 船——船(chûn)

15. 輪船——火船(hóe chûn)

16. 帆船——帆船(phâng chûn)

17. 消防車——拍火車(phah hóe chhia)

18. 車站——車頭(chhia thâu)

19. 火車站——火車頭(hóe chhia thâu)

20. 車票——車票(chhia phiò)

車單(chhia toa^n)

21. 港口——港口(káng kháu)

22. 碼頭——碼頭(bé thâu)

23. 隧道——磅孔(pōng khang)

24. 紅綠燈——青紅燈(chhe^n âng teng)

25. 馬路——車路(chhia lō·)

26. 北上——上北(chiū^n pak)

27. 南下——落南(lòh lâm)

28. 開車——駛車(sái chhia)

開車(khui chhia)

29. 十字路——十字路(sip jī lō·)

30. 斑馬線——斑馬線(pan má sòa^n)

31. 天橋——天橋(thian kiô)

32. 地下道——地下道(tē hā tō)

33. 塞車——塞車(that chhia)

34. 飛機場──飛機場 (hui ki tiûⁿ)

35. 起飛──起飛 (khí poe)

36. 降落──降落 (kàng lȯh)

37. 自強號──自強號 (chū kiông hō)

38. 莒光號──莒光號 (kí kong hō)

39. 國光號──國光號 (kok kong hō)

40. 中興號──中興號 (tiong heng hō)

41. 遊覽車──遊覽車 (iû lám chhia)

42. 纜車──溜籠 (liu lông)

43. 轎子──轎 (kiō)

三、謎語：

1. 日月相對，有心無肺，無尻川，會放屁。

   Jı̍t goȧt siong tùi, ū sim bô hùi, bô kha chhng, ē pàng phùi。

   (猜交通工具)

   答：汽車

2. 行人穿越道。

   Hêng jîn chhoan oȧt tō。

   (猜道路名一)

   答：橫貫公路

3. 一間細間房，四旁攏有窗，看著人會吠，行路會放屁。

   Chı̍t keng sè keng pâng, sì pêng lóng ū thang, khòaⁿ tiȯh lâng ē pūi, kiâⁿ lō· ē pàng phùi。

（猜交通工具一）

答：汽車

4. 路裡一尾蟲，身軀會振動，腹肚全是人，閣會過橋鑽磅孔。

Lō͘ nih chi̍t bóe thâng, seng khu ē tín tāng, pak tó͘ choân sī lâng, koh ē kòe kiô chǹg pōng khang。

（猜交通工具一）

答：火車

5. 兩蕊大目睭，四腳圓輪輪，腹肚一個嘴，專食過路人。

Nn̄g lúi tōa ba̍k chiu, sì kha în lìn lìn, pak tó͘ chi̍t ê chhùi, choan chia̍h kòe lō͘ lâng。

（猜交通工具一）

答：公共汽車

四、俗諺：

1. 獪曉泅水，嫌溪彎。

Bē hiáu siû chúi, hiâm khe oan。

（自己不會，卻要說其他理由。）

2. 三個人，行五條路。

San ê lâng, kiân gō͘ tiâu lō͘。

（各人做事，各抱不同的心。）

3. 家己騎馬，家己喝路。

Ka kī khiâ bé, ka kī hoah lō·。

（自言自語狀。）

4. 無兩步七仔，毋敢過虎尾溪。

Bô nn̄g pō· chhit á, m̄ káⁿ kòe Hó· bóe khe。

（沒有把握，就不敢輕易冒險。）

5. 歹船，抵著好港路。

Pháiⁿ chûn, tú tio̍h hó káng lō·。

（運氣好，碰到好境遇。）

6. 一人，行一路。

Chi̍t lâng kiâⁿ chi̍t lō·。

（各走各的路，各行其是。）

7. 十八港腳，行透透。

Cha̍p peh káng kha, kiâⁿ thàu thàu。

（行跡遍及各地。）

8. 上天無路，入地無門。

Chiūⁿ thiⁿ bô lō·, ji̍p tē bô mn̂g。

（一點辦法都沒有。）

9. 平平路，跋倒人。

Pêⁿ pêⁿ lō·, poa̍h tó lâng。

（平坦的路，有時也會跌倒人。凡事不可粗心大意。）

10. 有路，無坐船。

Ū lō·, bô chē chûn。

（有陸路可走，就不走水路，免得危險。）

11. 有路毋行，行山坪。

　　Ū lō· m̄ kiâⁿ, kiâⁿ soaⁿ phiâⁿ。

　　（平坦路不走，偏要走崎嶇的山路，徒勞無益。）

12. 行船走馬，無三分命。

　　Kiâⁿ chûn cháu bé, bô saⁿ hun miā。

　　（船夫及騎行的行業是最危險的。）

13. 行船，抵著對頭風。

　　Kiâⁿ chûn, tú tio̍h tùi thâu hong。

　　（行船遇逆風，做事遇到阻礙。）

14. 順風，好駛船。

　　Sūn hong, hó sái chûn。

　　（順風，好行船。順勢，好做事。）

15. 順水，行船。

　　Sūn chúi, kiâⁿ chûn。

　　（順水行舟，順勢做事。）

五、方言差異：

㈠方音差異

1. 火車　hóe chhia/hé chhia
2. 龍眼　lêng géng/gêng géng
3. 看覓　khòa^n māi/khòa^n bāi
4. 生嘴　se^n chhùi/si^n chhùi
5. 矮　é/óe
6. 朆曉　bē hiáu/bōe hiáu
7. 迌迌　chhit thô/thit thô
8. 買　bé/bóe
9. 台語　Tâi gí/Tâi gú
10. 溪　khe/khoe

㈡語詞差異

1. 公車　kong chhia／巴士　bah suh
2. 鐵馬　thih bé／孔明車　khóng bêng chhia／腳踏車 kha tàh chhia／自輦車　chū lián chhia／獨輦車　tòk lián chhia／自轉車　chū choán chhia
3. 讀冊　thàk chheh／讀書　thàk chu

六、異用漢字：

1. (teh) 在／塊
2. (gín á) 囝仔／囡仔
3. (khah) 較／卡
4. (khòa^n māi) 看覓／看眛
5. (bàk chiu) 目睭／目珠

6. (chhùi) 嘴／喙

7. (bē) 繪／袂／昧

8. (chhit thô) 迌迌／佚陶／彳亍

9. (kā) 共／給

10. (chhàng chúi bī) 藏水采／藏水沕

主題十八
廟前弄龍（節日習俗）

學習重點：

一、用河洛語表達各種節日及習俗

二、了解民間習俗與生活的關係。

三、培養感恩惜福的情操。

壹、本文

一、肉 粽
Bah chàng

隔　壁　阿　媽　縛　肉　粽，
Keh piah a má pak bah chàng

一　捾　肉　粽　三　斤　重，
chit kōaⁿ bah chàng saⁿ kin tāng

肉　粽　餡，　幾　若　項，
bah chàng āⁿ kúi nā hāng

香　菇　瘦　肉　芳　芳　芳，
hiuⁿ ko͘ sán bah phang phang phang

土　豆　卵　仁　鬆　鬆　鬆，
thô͘ tāu nng jîn sang sang sang

分　予　厝　邊　食　歸　工。
pun hō͘ chhù piⁿ chiah kui kang

(一)註解：（河洛語——國語）

1. 阿媽(a má) ——祖母
2. 縛(pak) ——綁
3. 一捾(chit kōaⁿ) ——一串
4. 幾若項(kúi nā hāng) ——好幾項
5. 芳(phang) ——香
6. 土豆(thô͘ tāu) ——花生

7. 卵仁 (nn̄g jîn) ——蛋黃

8. 分予 (pun hō·) ——分給

9. 厝邊 (chhù piⁿ) ——鄰居

10. 食歸工 (chiah kui kang) ——吃整天

㈡應用範圍：

1. 六歲幼兒。

2. 有關祭典風俗的主題。

3. 有關端午節的主題或活動。

㈢配合活動：

1. 教師請幼兒分享所見到的端午節景象、見聞，綜合端午節的習俗，如吃粽子、洗艾草水澡、划龍船……等。

2. 教師請家長一起來包粽子，以河洛語說明及介紹如何包粽子，及肉粽、香菇、肉、花生……等材料。

3. 幼兒分成二組，一組念讀「香菇芳芳芳」，另一組即回應「芳芳芳的香菇」，依此練習，「土豆、卵仁……鬆鬆鬆」。

4. 包好粽子後，教師扮演顧客，幼兒扮演賣肉粽的小販，幼兒練習以3.之方法沿街叫賣，「芳芳芳的肉粽，有包香菇瘦肉的肉粽……等」。

5. 教師並問肉粽餡的內容，讓幼兒練習回答。

6. 比比看，誰賣的肉粽叫賣聲最豐富而好聽。(可用錄音機錄下)

㈣教學資源：

端午節相關影片、書籍、端午節活動圖卡及相對應文字卡片、錄音機、錄音帶

㈤相關學習：

創造、語言溝通、社會情緒

二、廟前弄龍
Biō　chêng　lāng　lêng

李阿明，
Lí　a　bêng

正月初一人閒閒，
chiaⁿ　gòeh　chhe　it　lâng　êng　êng

散步行到大廟前，
sàn　pō　kiâⁿ　kàu　tōa　biō　chêng

看著有人在弄龍，
khòaⁿ　tiòh　ū　lâng　teh　lāng　lêng

龍珠連鞭弄這旁，
lêng　chu　liâm　piⁿ　lāng　chit　pêng

連鞭弄彼旁，
liâm　piⁿ　lāng　hit　pêng

無抵好，
bô　tú　hó

落落土脚必做兩旁。
lak　lòh　thô　kha　pit　chò　nñg　pêng

(一)註解：（河洛語──國語）

1. 人閒閒(lâng êng êng)──空閒的意思
2. 行(kîaⁿ)──走
3. 看著(khòaⁿ tiòh)──看到
4. 弄(lāng)──舞
5. 連鞭(liâm piⁿ)──一下子

6. 這旁(chit pêng)——這邊

7. 彼旁(hit pêng)——那邊

8. 無抵好(bô tú hó)——不巧的

9. 落落(lak lòh)——掉落

10. 土腳(thô͘ kha)——地上

11. 必做(pit chò)——裂成

12. 兩旁(nn̄g pêng)——兩半

㈡應用範圍：

1. 四歲以上幼兒。

2. 配合過年或民俗的單元、方案或活動。

3. 有關過年的故事。

㈢配合活動：

1. 選擇一段舞蹈音樂讓幼兒熟悉旋律。

2. 幼兒隨著音樂自由舞動、創作。

3. 讓幼兒自由創作舞龍道具。

4. 將幼兒分成數組、每組各自組成龍頭、龍身；龍隊隨教師的鑼鼓或口令，做出不能分散的集體動作跳、跑、趴、滾……

5. 讓各組自由創作新的舞龍方式，各組表演其姿態。

6. 各組同時進行舞龍舞獅競賽，以全隊動作最協調、龍身不分散者為優勝。

㈣教學資源：

各種美勞素材、軟墊、泡棉、跳箱、錄音機、音樂帶

㈤相關學習：

大肌肉運動、創造與表現、音樂、社會情緒

三、過年
Kòe nî

穿　新　衫，分　新　錢，
Chhēng sin saⁿ　pun sin chîⁿ

囝　仔　上　愛　過　新　年；
gín　á　siōng ài kòe sin nî

摒　掃　貼　春　聯，
Piàⁿ sàu tah chhun liân

準　備　欲　過　年；
chún pī beh kòe nî

炮　仔　聲，響　歸　暝，
Phàu á siaⁿ　hiáng kui mî

甜　粿　甜，圓　仔　圓，
tiⁿ kóe tiⁿ　îⁿ á îⁿ

歸　家　伙　仔　攏　團　圓；
kui ke hóe á lóng thoân îⁿ

團　圓　平　安　上　歡　喜，
Thoân îⁿ pêng an siōng hoaⁿ hí

看　著　人　就　講「恭　喜　恭　喜」。
khòaⁿ tioh lâng chiū kóng kiong hí kiong hí

(一)註解：（河洛語──國語）

1. 衫(saⁿ) ──衣服

2. 新錢(sin chîⁿ) ──指壓歲錢

3. 囝仔(gín á) ──小孩子

4. 上 (siōng) ——最

5. 摒掃 (piàⁿ sàu) ——打掃

6. 欲 (beh) ——要

7. 炮仔 (phàu á) ——爆竹

8. 歸暝 (kui mî) ——整夜

9. 甜粿 (tiⁿ kóe) ——年糕

10. 圓仔 (îⁿ á) ——湯圓

11. 歸家伙仔 (kui ke hóe á) ——全家

12. 攏 (lóng) ——都

13. 看著 (khòaⁿ tioh) ——看到

㈡應用範圍：

1. 三歲以上幼兒。

2. 配合大型親子活動。

3. 有關過新年的單元、方案或活動。

4. 配合戲劇活動。

㈢配合活動：

1. 教師與幼兒討論過年的年貨及應景物品，並念誦「過年」兒歌。

2. 分組製作過年應景物品，譬如：寫春聯、搓揉麵糰、製作年節食品、剪窗花……。

3. 讓幼兒利用各組製作的物品，共同將教室佈置成過年的情境。

4. 與幼兒共同編擬過新年的扮演活動，並邀請家長或鄰班共同

參與過新年的活動。

5. 活動結束後請幼兒畫出過年的景象，如年貨大街、團圓拜年
……。

6. 分享過年的感覺，如幸福、快樂……等。

㈣**教學資源**：

美勞素材、麵糰、紅紙、毛筆、金色顏料、墨汁、色紙、窗花字
樣

㈤**相關學習**：

創造、語言溝通、社會情緒、認知、小肌肉運動

四、鼓仔燈
Kó͘ á teng

阿　清　舉　鼓　仔　燈，
A　chheng　giah　kó͘　á　teng

欲　去　廟　前　看　花　燈，
beh　khì　biō　chêng　khòaⁿ　hoe　teng

行　到　大　廟　前　，
kiâⁿ　kàu　tōa　biō　chêng

看　著　弄　獅　及　弄　龍，
khòaⁿ　tioh　lāng　sai　kap　lāng　lêng

趕　緊　挣　去　上　頭　前，
kóaⁿ　kín　cheⁿ　khì　siōng　thâu　chêng

鼓　仔　燈，
kó͘　á　teng

煞　挣　甲　變　做　兩　旁。
soah　cheⁿ　kah　piàn　chò　nng　pêng

(一)註解：（河洛語——國語）

1. 舉鼓仔燈(giah kó͘ á teng) ——提燈籠

2. 欲(beh) ——要

3. 行(kiâⁿ) ——走

4. 看著(khòaⁿ tioh) ——看到

5. 弄獅及弄龍(lāng sai kap lāng lêng) ——舞獅和舞龍

6. 挣(cheⁿ) ——擠

7. 上頭前(siōng thâu chêng) ——最前面

8. 煞(soah) ──竟然
9. 挣甲(cheⁿ kah) ──擠得
10. 兩旁(nⁿg pêng) ──兩半

㈡應用範圍：

1. 四歲以上幼兒。
2. 有關元宵節、觀光節的單元、方案或活動。
3. 有關燈或光的單元、方案或活動。
4. 配合大型親子活動、燈謎晚會等。

㈢配合活動：

1. 幼兒自行創作各式各樣花燈。
2. 教師依幼兒特徵或日常生活用品設計謎題。例如綁辮子、穿粉紅色上衣、眼睛大大的、今天吃了三碗飯的小朋友。
3. 幼兒將謎題以宣紙銜接在繩子上，再掛在牆上。
4. 幼兒手持水槍射謎題，題目掉下來以後再猜謎語內容，描述自己的好朋友，如：天天綁蝴蝶結、愛吃冰淇淋。
5. 教師念出謎題給射的幼兒猜，猜不出來再開放給全班猜。
6. 猜對的可任選一個幼兒創作的花燈或由被猜中的幼兒贈送花燈。
7. 謎題猜完，全班玩提花燈遊街遊戲。

㈣教學資源：

謎語圖卡、文字卡、花燈製作材料

㈤相關學習：

社會情緒、創造、語言溝通、感官動作、認知

五、中秋暝
Tiong chhiu mî

月 娘 光 光 光 ，
Goeh niû kng kng kng

柚 仔 攏 𣍐 酸 ；
iū á lóng bē sng

月 娘 佇 天 邊 ，
Goeh niû tī thiⁿ piⁿ

月 餅 甜 甜 甜 ；
goeh piáⁿ tiⁿ tiⁿ tiⁿ

月 娘 圓 圓 圓 ，
Goeh niû îⁿ îⁿ îⁿ

一 家 攏 團 圓 。
chit ke lóng thoân îⁿ

月 娘 圓 圓 圓 ，
Goeh niû îⁿ îⁿ îⁿ

一 家 攏 團 圓 。
chit ke lóng thoân îⁿ

(一)註解：（河洛語──國語）

1. 中秋暝(Tiong chhiu mî) ──中秋夜

2. 月娘(goeh niû) ──月亮

3. 光光光(kng kng kng) ──形容非常亮

4. 柚仔(iū á) ──柚子

5. 攏𣍐酸(lóng bē sng) ──都不酸

6. 佇（tī）——在

7. 甜甜甜（ti^n ti^n ti^n）——形容非常非常甜

8. 圓圓圓（i^n i^n i^n）——形容非常非常圓

㈡應用範圍：

1. 三歲以上幼兒。

2. 有關中秋節的單元、方案或活動。

3. 有關圓形的單元或方案。

㈢配合活動：

1. 在中秋節的預備活動中以「中秋暝」兒歌引導，讓幼兒朗誦並討論哪些東西是圓的？哪些是又圓又甜的？哪些是又圓又鹹的？哪些是又圓又冰的？月餅分哪些口味？

2. 教師念「月娘圓圓圓」請幼兒分別以兩人、四人、六人、八人為一組，牽手圍成圓圈來做月餅。

3. 教師念「月餅甜甜甜，切！」幼兒便問：「切幾塊？」教師說：「切兩塊」時，圓圈便要分成兩半，以此類推，可切四塊、六塊、八塊。

4. 讓幼兒切割、按照人數分配月餅和柚子，大家一起享用。

5. 綜合討論共用了多少個月餅和柚子，共有多少口味？較大幼兒找出月餅的各種配料，辨別味道並分享對月餅及柚子的喜好及家人過中秋的經驗。

㈣教學資源：

兒歌、柚子、刀子、盤子、各式月餅

㈤相關學習：

認知、身體與感覺、小肌肉運動

貳、親子篇

搓　圓　仔
So　îⁿ　á

阿　媽　搓　圓　仔，
A　má　so　îⁿ　á

紅　的　濟，白　的　少。
âng　ê　chōe　pe̍h　ê　chió

媽　媽　搓　圓　仔，
Ma　ma　so　îⁿ　á

紅　的　少，白　的　濟。
âng　ê　chió　pe̍h　ê　chōe

搓　啊　搓，搓　眞　濟，
So　a　so　so　chin　chōe

煮　啊　煮，煮　甲　一　大　鍋。
chú　a　chú　chú　kah　chi̍t　tōa　oe

㈠註解：（河洛語——國語）

1. 阿媽(a má)——祖母

2. 搓圓仔(so îⁿ á)——搓湯圓

3. 濟(chōe)——多

4. 煮甲(chú kah)——煮了

㈡活動過程：

1. 幼兒先認識紅白顏色，和家中成員如兄弟姊妹、爸媽等分組（紅組、白組），代表紅白湯圓。各自製作自己喜愛的紅白頭套或頭帶。

2. 媽媽念「搓圓仔」念到「阿媽搓圓仔」時，紅色湯圓要出來滾一滾，（相互碰撞磨擦及轉動身體），此時家長播放輕柔的音樂。

3. 念到「媽媽搓圓仔」時，紅色回去，白湯圓要出來。最後再紅白一起出來滾。

4. 當家長說吃湯圓了，幼兒要趕緊回去，以免被吃到（捉到）。

5. 分享幾種不同滾法和人碰撞及被吃的感覺。

叁、補充參考資料

一、生活會話：

過節

阿媽：阿芬，來共阿媽鬥縛粽。

阿芬：是按怎咱欲縛粽咧？

阿媽：明仔載是五月節。

阿芬：我知影，食肉粽、看月娘，著無？

阿媽：戇囡仔，看月娘、食月餅，彼是中秋節。

阿芬：我上愛過年啦！

阿媽：是按怎，你講予阿媽聽？

阿芬：過年會使穿新衫、放炮仔，閣有紅包通挓，足歡喜的。

Kòe cheh

A má：A hun，lâi kā a má tàu pȧk chàng。

A hun：Sī àn chóaⁿ lán beh pȧk chàng leh？

A má：Bîn á chài sī gō͘ gȯeh cheh。

A hun： Góa chai iáⁿ，chiȧh bah chàng、khòaⁿ gȯeh niû，
tiȯh bô？

A má：Gōng gín á，khòaⁿ gȯeh niû、chiȧh gȯeh piáⁿ，he
sī tiong chhiu cheh。

A hun：Góa siōng ài kòe nî lah！

A má：Sī àn chóaⁿ，lí kóng hō˙ a má thiaⁿ？

A hun：Kòe nî ē sái chhēng sin saⁿ、pàng phàu á，koh ū
âng pau thang the̍h，chiok hoaⁿ hí ê。

二、參考語詞：（國語──河洛語）

1. 新年──新年(sin nî)

2. 過年──過年(kòe nî)

3. 元宵節──元宵節；上元(goân siau cheh; siōng goân)

4. 清明節──清明(chhiⁿ miâ; chheng bêng)

5. 端午節──五月節；端午節(gō˙ go̍eh cheh; toan ngó˙
cheh)

6. 中秋節──中秋節(tiong chhiu cheh)

7. 中元節──中元(tiong goân)

8. 冬至──冬節(tang cheh)

9. 情人節──情人節(chêng jîn cheh)

10. 青年節──青年節(chheng liân cheh)

11. 婦幼節──婦幼節(hū iù cheh)

12. 母親節──母親節(bú chhin cheh)

13. 勞動節──勞動節(lô tōng cheh)

14. 教師節──教師節(kàu su cheh)

15. 雙十節──雙十節(siang si̍p cheh)

16. 光復節──光復節(kong ho̍k cheh)

17. 聖誕節──聖誕節(sèng tàn cheh)

18. 兒童節──兒童節(jî tông cheh)

19. 父親節——父親節 (hū chhin cheh)

20. 拜年——拜年 (pài nî)

21. 回娘家——轉外家 (tńg gōa ke)

22. 提燈籠——舉鼓仔燈 (giah kó͘ á teng)

23. 燈謎——燈猜；燈謎 (teng chhai; teng bī)

24. 掃墓——培墓；掃墓 (pôe bōng; sàu bō͘)

25. 划龍船——扒龍船 (pê lêng chûn)

26. 粽子——粽 (chàng)

27. 普渡——普渡 (phó͘ tō͘)

28. 放水燈——放水燈 (pàng chúi teng)

29. 月餅——月餅 (goeh piáⁿ)

30. 尾牙——尾牙 (bóe gê)

31. 滿月——滿月 (móa goeh)

32. 週歲——度晬 (tō͘ chè)

33. 壓歲錢——壓年錢 (teh nî chîⁿ)

34. 鞭炮——炮仔 (phàu á)

35. 舞獅——弄獅 (lāng sai)

36. 舞龍——弄龍 (lāng lêng)

37. 除夕夜——廿九暝；圍爐暝 (jī káu mê; ûi lô͘ mê)

38. 年夜飯——圍爐飯 (ûi lô͘ pn̄g)

39. 蒸糕——炊粿 (chhoe kóe)

40. 年糕——甜粿 (tiⁿ kóe)

41. 蒸籠——籠床 (lâng sn̂g)

42. 新正——新正；新春 (sin chiaⁿ; sin chhun)

43. 拜年——拜年 (pài nî)

44. 送神——送神 (sàng sîn)

45. 接神——接神(chiap sîn)

46. 守歲——守年(chiú nî)

47. 陽曆——新曆(sin le̍k)

48. 陰曆——舊曆(kū le̍k)

49. 春聯——春聯；春仔(chhun liân; chhun á)

50. 祭祖——拜祖先(pài chó͘ sian)

51. 紅包——紅包(âng pau)

52. 團圓——團圓(thoân î ͬ)

三、謎語：

1. 柴做城，竹做埕，龜敢蹛，人毋敢行。

Chhâ chò siâ ͬ, tek chò tiâ ͬ, ku ká ͬ tòa, lâng m̄ ká ͬ kiâ ͬ.

（猜煮食用具）

答：籠床（蒸籠）

2. 長丈三，短丈二，上長丈三，無丈四，頭尾蓋棉被，中央舉葵扇。

Tn̂g tn̄g sa ͬ, té tn̄g jī, siông tn̂g tn̄g sa ͬ, bô tn̄g sì, thâu bóe kah mî phōe, tiong ng gia̍h khôe sì ͬ.

（猜時間單位）

答：年

3. 紅面將軍，吐舌三分，大大細細，攏是囝孫。

Âng bīn chiong kun, thó͘ chi̍h sa ͬ hun, tōa tōa sè sè, lóng sī kiá ͬ sun.

（猜祭祀用品）

答：蠟燭

4. 一個囝仔穿紅衫，跖上天頂劈拍彈，摔落來，一身爛爛爛。

Chi̍t ê gín á chhēng âng saⁿ, peh chiūⁿ thiⁿ téng phi̍t pho̍k tôaⁿ, siak lo̍h lâi, chi̍t sin nōa nōa nōa 。

（猜節慶用品）

答：炮仔（鞭炮）

5. 三頭六耳歸一身，四耳聽更鼓，兩耳毋知音。

Saⁿ thâu la̍k hīⁿ kui chi̍t sin, sì hīⁿ thiaⁿ kiⁿ kó͘, nn̄g hīⁿ m̄ chai im。

（猜節慶表演）

答：弄獅（舞獅）

6. 一個物仔彎彎曲曲，念念就擲掉。

Chi̍t ê mi̍h á oan oan khiau khiau, liām liām chiū tàn tiāu。

（猜祭祀用品）

答：神杯（杯筊）

四、俗諺：

1. 新年頭，舊年尾。

Sin nî thâu, kū nî bóe。

（過年時，與平日不能同論，不宜有吵架或不愉快、不吉利的事情。）

2. 大人煩惱無錢，囝仔歡喜過年。

Tōa lâng hoân lô bô chîⁿ, gín á hoaⁿ hí kòe nî。

（大人、小孩過年感受不同。）

3. 無禁無忌，食百二。

Bô kìm bô kī, chiah pah jī。

（沒有禁忌會更好，生活過得更加快樂。）

4. 廿九暝，誤了大事。

Jī káu mê, gō͘ liáu tōa sū。

（在緊要關頭，誤了大事。）

5. 目睭看佇粿，腳踏佇火。

Ba̍k chiu khòaⁿ tī kóe, kha ta̍h tī hóe。

（只看眼前的利益，而不查覺身邊的危險。）

6. 做粿，無包餡。

Chò kóe, bô pau āⁿ。

（只是具有外表，裏頭沒有一點內容。）

7. 過年較緊，過日較難。

Kòe nî khah kín, kòe ji̍t khah oh。

（過年易過，平常的日子才不好過呢。）

8. 年成年，節成節。

Nî chiâⁿ nî, cheh chiâⁿ cheh。

（過年過節要有過年過節的樣子。）

9. 欲睏六月天光，欲食廿九下昏。

　　Beh khùn la̍k goeh thiⁿ kng, beh chia̍h jī káu ē hng。

　　（要吃好的，就在除夕夜。）

10. 好歹粿，著會甜。

　　Hó pháiⁿ kóe, tio̍h ē tiⁿ。

　　（糕，會甜最要緊。）

11. 好上元，好早冬。

　　Hó siōng goân, hó chá tang。

　　（上元風調雨順，早冬一定豐收。）

12. 好上元，好官員。

　　Hó siōng goân, hó koaⁿ oân。

　　（上元風調雨順，民間好過，官員也清閒，太平無事。）

13. 未食五月節粽，破裘毋甘放。

　　Bōe chia̍h gō· goeh cheh chàng, phòa hiû m̄ kam pàng。

　　（端午節前，還不到真正的夏天，舊寒衣不要收起。）

14. 七月半鴨仔。

　　Chhit goeh pòaⁿ ah á。

　　（不知死活，不知災難臨頭。）

15. 食尾牙面憂憂，食頭牙撚嘴鬚。

　　Chia̍h bóe gê bīn iu iu, chia̍h thâu gê lián chhùi chhiu。

　　（吃尾牙時害怕被辭退，二月二日老闆請吃頭牙，工作獲得保障，心情輕鬆愉快。）

16. 無三寸水，就想欲扒龍船。

Bô saⁿ chhùn chúi, chiu siūⁿ beh pê lêng chûn。

（譏人不自量力。）

五、方言差異：

㈠方音差異

1. 斤　kin/kun
2. 初一　chhe it/chhoe it
3. 做　chò/chòe
4. 過年　kòe nî/kè nî
5. 暝　mê/mî
6. 粿　kóe/ké
7. 歸家伙仔　kui ke hóe á/kui ke hé á
8. 月娘　goeh niû/geh niû
9. 膾　bē/bōe
10. 濟　chē/chōe

㈡語詞差異

1. 歸工　kui kang／歸日　kui jit

六、異用漢字：

1. (hō·) 予／乎
2. (chhù) 厝／茨
3. (lâng) 人／儂／農
4. (teh) 在／塊
5. (hit) 彼／那
6. (pêng) 旁／爿
7. (thô· kha) 土腳／塗跤
8. (gín á) 囝仔／囡仔
9. (siōng) 上／尚
10. (beh) 欲／卜／懀／要
11. (kap) 及／佮
12. (bē) 勿會／袂／昧
13. (chē) 濟／儕／多

主題十九
囝仔兄，坐牛車（鄉土風情）

學習重點：

一、用河洛語表達傳統風情事物。

二、認識傳統鄉土文化。

三、體驗古早生活的趣味。

四、激發想像力和創造力。

五、滿足幼兒的興趣與好奇。

壹、本文

一、紅瓦厝
Ang hiā chhù

紅　瓦　厝
Ang　hiā　chhù

較　早　蹛　阿　舅
khah　chá　tòa　a　kū

阿　舅　起　大　厝
a　kū　khí　tōa　chhù

紅　瓦　厝
âng　hiā　chhù

換　來　飼　大　豬
oāⁿ　lâi　chhī　tōa　ti

大　豬　飼　甲　肥　滋　滋
tōa　ti　chhī　kah　pûi　chut　chut

㈠註解：（河洛語──國語）

1. 紅瓦厝(âng hiā chhù) ──紅瓦房子

2. 蹛(tòa) ──住

3. 阿舅(a kū) ──舅舅

4. 起大厝(khí tōa chhù) ──蓋大房子

5. 飼甲(chhī kah) ──養得

6. 肥滋滋(pûi chut chut) ──肥嘟嘟

㈡應用範圍：

1. 四歲以上幼兒。
2. 有關建築、房屋的單元、方案或活動。
3. 有關傳統文化的單元、方案或活動。

㈢配合活動：

1. 配合幼兒的興趣，探索相關主題，譬如，參觀民俗村或古蹟。音樂及圖片欣賞：牛犁歌及農家物品圖片欣賞與解說，由圖片或影片認識「紅瓦厝」等。

2. 由幼兒分享農家生活的經驗，及所見過的「紅瓦厝」，來解說兒歌的意義與內容。

3. 「紅瓦厝」再現：和幼兒討論可以用哪些材料搭建「紅瓦厝」，最後教師依據幼兒的意見決定，建議利用大積木搭建。（在做大型造型前，先讓幼兒做小型的，用陶土、小紙箱等均可。）

4. 比一比：分組利用各種材料搭建「紅瓦厝」。同時念「紅瓦厝」，請幼兒想一想，如何測量出哪一幢「紅瓦厝」最大，可以住多少人？依據幼兒的提議來實際丈量每幢「紅瓦厝」的大小。

5. 幼兒坐進自搭的「紅瓦厝」裡，分享感覺如何？亦可用「三隻小豬的故事」做扮演。

㈣**教學資源**：

卡帶（牛犁歌）、圖片（農家耕具）、組合式玩具大積木、大小型
紙箱、陶土膠帶、膠紙、文具等

㈤**相關學習**：

認知及音樂、語言溝通、社會情緒、創造

二、炊粿
Chhoe kóe

阿　花　及　阿　瓜，
A　hoe　kap　a　koe

扛　籠　床，在　炊　粿，
kng　lâng　sîng　teh　chhoe　kóe

炊　什　麼　粿？
chhoe　sím　mih　kóe

芋　粿、甜　粿、菜　頭　粿，
Ō·　kóe　tiⁿ　kóe　chhài　thâu　kóe

一　個　歕，一　個　拽，
chi̍t　ê　pûn　chi̍t　ê　ia̍t

炊　甲　臭　火　焦　兼　著　火。
chhoe　kah　chhàu　hóe　ta　kiam　to̍h　hóe

(一)註解：（河洛語──國語）

1. 炊粿(chhoe kóe) ──蒸糕

2. 籠床(lâng sîng) ──蒸籠

3. 芋粿(ō· kóe) ──芋頭糕

4. 甜粿(tiⁿ kóe) ──年糕

5. 菜頭粿(chhài thâu kóe) ──蘿蔔糕

6. 歕(pûn) ──吹

7. 拽(ia̍t) ──搧

8. 炊甲(chhoe kah) ──蒸得

9. 臭火焦(chhàu hóe ta) ——燒焦

㈡應用範圍：

1. 四歲以上幼兒。
2. 有關過年時的單元、方案或活動。
3. 有關食物的單元、方案或活動。

㈢配合活動：

1. 在餐點之後或相關的年節、食物的探索之中,問幼兒平日的食物哪些是蒸的?譬如,小籠包、各種糕等等,帶幼兒參觀園所內的廚房或中式早餐店、民俗村等。
2. 教幼兒念誦「炊粿」,並分享見聞,讓幼兒知道「籠床」有大小之別,和蒸哪些不同的食品。
3. 充分探索之後,運動時,拿出汽球傘並示範使用方法,之後與幼兒討論汽球傘像什麼?
4. 教師建議假設汽球傘是「籠床」,邊玩汽球傘,邊念兒歌「炊粿」:
   ⑴「扛籠床,來炊粿」(全體舉傘抖傘)。
   ⑵「炊什麼粿?」(舉傘再放於地面,形成膨脹狀)。
   ⑶「芋粿、甜粿、菜頭粿」(將傘邊坐於屁股下,面對外面身體左右搖擺)。
   ⑷「炊什麼粿?」(舉傘再放於地面,形成膨脹狀)。
   ⑸「發粿、碗粿、菜頭粿」(全體坐在邊緣,身體向同一個方向

滾動）。

以上動作邊念邊做，如果動作未做完，可重複念誦。

㈣教學資源：

　　1. 汽球傘一或二個。

　　2. 大空地一塊。

㈤相關學習：

　　大肌肉運動、語言溝通

三、娶新娘
Chhōa sin niû

五 舅 仔 ， 娶 新 娘 ，
Gō· kū á chhōa sin niû

請 人 客 ， 佇 粟 仔 場 ；
chhiáⁿ lâng kheh tī chhek á tiûⁿ

無 刣 豬 ， 也 無 刣 羊 ，
Bô thâi ti iā bô thâi iûⁿ

三 碗 白 飯 配 豆 醬 ，
saⁿ oáⁿ peh pn̄g phòe tāu chiùⁿ

大 家 嘛 食 甲 飽 漲 漲 。
tāi ke mā chiah kah pá tiùⁿ tiùⁿ

㈠註解：（河洛語──國語）

1. 人客(lâng kheh) ──客人
2. 佇(tī) ──在
3. 粟仔場(chhek á tiûⁿ) ──曬穀場
4. 無(bô) ──沒有
5. 刣(thâi) ──宰殺
6. 嘛(mā) ──也
7. 食甲(chiah kah) ──吃得
8. 飽漲漲(pá tiùⁿ tiùⁿ) ──很飽的意思

㈡**應用範圍**：

1. 四歲以上幼兒。
2. 有關喜宴相關的方案、單元或活動。

㈢**配合活動**：

1. 由兩位教師分別扮演媒婆和新娘，媒婆邊走邊將歌謠讀出。讓幼兒猜猜教師扮演的角色。
2. 討論宴客時的各種情景，及有些什麼對話。
3. 幼兒自由分飾二角，角色扮演。進行中，可加入幼兒所知道宴客中的對話及自己的語言。
4. 教師請幼兒將宴會中最愛吃的食物說出，並找出食物的配對，用河洛語說：××配××。
5. 幼兒準備平日喜歡吃的食物。教師亦準備一神秘袋，袋中放有各種食物模型卡片。
6. 幼兒由袋中抽出模型，說出名稱並舉出一食物與其搭配。例：白飯配豆醬、三明治配牛奶……。
7. 將歌謠配合節奏、遊戲念誦。

㈣**教學資源**：

各種食物模型或圖卡、節奏樂器、神秘袋

㈤相關學習：

語言溝通、認知、社會情緒

四、嫁查某囝
Kè cha bó· kiáⁿ

三　叔　公　仔，
Saⁿ　chek　kong　á

嫁　查　某　囝，
kè　cha　bó·　kiáⁿ

厝　邊　頭　尾，
chhù　piⁿ　thâu　bóe

攏　去　予　請，
lóng　khì　hō·　chhiáⁿ

有　米　糕，
ū　bí　ko

有　大　餅，
ū　tōa　piáⁿ

閣　有　圓　仔　三　大　鼎。
koh　ū　îⁿ　á　saⁿ　tōa　tiáⁿ

㈠註解：（河洛語──國語）

1. 查某囝(cha bó· kiáⁿ) ──女兒

2. 厝邊頭尾(chhù piⁿ thâu bóe) ──鄰居

3. 攏(lóng) ──都

4. 予請(hō· chhiáⁿ) ──讓他請

5. 閣有(koh ū) ──還有

6. 圓仔(îⁿ á) ──湯圓

7. 鼎(tiáⁿ) ──鍋子

㈡應用範圍：

1. 四歲以上幼兒。
2. 有關喜宴的單元、方案或活動。

㈢配合活動：

在探索過嫁娶活動一段時間之後，以河洛語進行以下活動。

1. 教師裝扮成三叔公，走到幼兒群中說：「厝邊頭尾大家好，我欲嫁查某囝，請大家攏予我請。」
2. 三叔公問幼兒喜歡吃什麼菜，請幼兒用肢體表現出來。
3. 廚師出場，念道：「總舖師欲出菜」，幼兒：「出什麼菜？」，廚師：「蕹菜（空心菜）、莧菜、芥藍仔菜……」「米糕，大餅，圓仔」，被點到的菜（幼兒）即跟著廚師走。
4. 再反覆玩時，由幼兒輪流扮演廚師及三叔公並多練習台詞。
5. 一起念誦「嫁查某囝」。

㈣教學資源：

裝扮成三叔公及廚師的道具

㈤相關學習：

社會情緒及認知、語言溝通、情意、肢體

五、阿寶迎媽祖
A pó ngiâ Má chó͘

阿　寶　及　阿　土　，
A　pó　kap　A　thó͘

去　迎　媽　祖　，
khì　ngiâ　Má　chó͘

阿　土　拍　鑼　伊　拍　鼓　，
A　thó͘　phah　lô　i　phah　kó͘

咚　咚　咚　咚　咚　！
tong　tong　tong　tong　tong

拍　歸　半　晡　，
Phah　kui　pòaⁿ　po͘

攏　無　喝　艱　苦　。
lóng　bô　hoah　kan　khó͘

㈠註解：（河洛語──國語）

1. 及(kap) ──和
2. 拍(phah) ──打
3. 伊(i) ──他
4. 歸半晡(kui pòaⁿ po͘) ──老半天
5. 攏無(lóng bô) ──都沒有
6. 喝艱苦(hoah kan khó͘) ──叫苦

㈡應用範圍：

1. 四歲以上幼兒。
2. 有關音樂的單元、方案或活動。
3. 有關鄉土文化的單元、方案或活動。

㈢配合活動：

1. 和幼兒討論「迎媽祖」的情景，分享經驗、見聞，除了「迎媽祖」還會迎接什麼人？儀式有什麼不同……等。
2. 介紹樂器鑼和鼓的特性及打擊技巧。
3. 播放「迎媽祖」的背景音樂，請幼兒敲鑼打鼓相應和。
4. 幼兒亦可將「迎媽祖」改為他們熟悉的偶像明星，如小虎隊、棒球明星等。
5. 「阿寶」及「阿土」處，敲擊並念出幼兒姓名，名字可替換成班上的幼兒姓名後念誦。
6. 教師帶幼兒念誦「阿寶迎媽祖」及改寫後的詩歌。

㈣教學資源：

錄音帶，鑼、鈸、鼓等樂器

㈤相關學習：

音樂、律動、社會情緒、語言溝通

六、布袋戲
Pò· tē hì

布 袋 戲 尪 仔 ， 眞 勢 弄 ，
Pò· tē hì ang á chin gâu lāng

神 秘 客 ，
sîn pì kheh

功 夫 百 外 項 ，
kang hu pah gōa hāng

展 輕 功 ，
tián khin kang

拍 歹 人 ，
phah pháiⁿ lâng

拍 甲 歹 人 獪 振 動 。
phah kah pháiⁿ lâng bē tín tāng

(一)註解：（河洛語——國語）

1. 尪仔(ang á) ——布偶

2. 眞勢弄(chin gâu lāng) ——很會演

3. 百外項(pah gōa hāng) ——百多種

4. 展(tián) ——施展

5. 拍甲(phah kah) ——打得

6. 歹人(pháiⁿ lâng) ——壞人

7. 獪振動(bē tín tāng) ——不會動

㈡**應用範圍**：

    1. 四歲以上幼兒。

    2. 與戲劇相關的主題。

㈢**配合活動**：

    1. 教師二人直接扮演布袋戲中人物出場，口白為：

        「你有什麼功夫？」

        「我有功夫百外項。」

        「展出來。」（教師示範功夫和大動作。）

        「我展輕功，拍歹人，拍甲歹人繪振動。」

    2. 教師將1.之口白逐句再重複。

    3. 和幼兒分享布袋戲不同角色的經驗。

    4. 誰來演演看──由幼兒二人一組，搭配模仿教師的演出，或自由改變出場方式，演出大動作。

    5. 教師將「展功夫」「弄布袋戲尪仔」，提出句型請幼兒念誦數遍。

㈣**教學資源**：

    裝扮時所需道具、材料、海綿軟墊、語詞卡

㈤相關學習：

大肌肉運動、認知、創造

七、看歌仔戲
Khòaⁿ koa á hì

後　月　日　二　十　四　，
Aū　goeh　jit　jī　chap　sì

請　你　愛　會　記　，
chhiáⁿ　lí　ài　ē　kì

來　阮　遐　看　歌　仔　戲　，
lâi　gún　hia　khòaⁿ　koa　á　hì

順　續　食　炒　麵　，
sūn　sòa　chiah　chhá　mī

閣　食　芳　貢　貢　的　芋　仔　炸　。
koh　chiah　phang　kòng　kòng　ê　ō·　á　chìⁿ

(一)註解：（河洛語——國語）

1. 後月日(aū goeh jit) ——下個月

2. 愛會記(ài ē kì) ——要記得

3. 阮遐(gún hia) ——我們那裏

4. 順續(sūn sòa) ——順便

5. 閣食(koh chiah) ——再吃

6. 芳貢貢(phang kòng kòng) ——香噴噴

7. 芋仔炸(ō· á chìⁿ) ——炸芋頭

(二)應用範圍：

1. 四歲以上幼兒。
2. 有關欣賞野台戲的活動。
3. 有關戲劇類的主題或單元。

㈢配合活動：

1. 師生討論分享看野台戲的經驗，及市集中的小吃。
2. 共同計畫戲劇內容，從現有的童話中或布袋戲劇情、其他故事等……改編。
3. 師生一起策畫一場野台戲，利用圖中的遊戲台佈置後，用偶演出偶戲，或真人演出。
4. 幼兒分工，哪些人演出，哪些人做小販，哪些人收票，招待看戲的人……等。
5. 練習用河洛語套入「芳貢貢的××」（ 名詞的部分為常見小吃品名 ）。
6. 教師帶領幼兒自由組合「看歌仔戲」，「請你愛會記，後月日，二十四，來阮遐看歌仔戲……」。

㈣教學資源：

戲棚、布袋戲偶相關影片、板凳

㈤相關學習：

創造與表現、社會情緒、語言溝通

八、棕蓑　雨衫
Chang sui　hō· saⁿ

田　岸　路，　寬　寬　仔　行，
Chhân hōaⁿ lō·　khoaⁿ khoaⁿ á kiâⁿ

隔　壁　庄，　尋　親　成，
keh piah chng　chhōe chhin chiâⁿ

落　大　雨，　我　毋　驚，
loh tōa hō·　góa m̄ kiaⁿ

阿　公　幔　棕　蓑，
a kong moa chang sui

我　穿　新　雨　衫。
góa chhēng sin hō· saⁿ

(一)註解：（河洛語——國語）

1. 田岸(chhân hōaⁿ) ——田埂
2. 寬寬仔行(khoaⁿ khoaⁿ á kiâⁿ) ——慢慢走
3. 庄(chng) ——村莊
4. 親成(chhin chiâⁿ) ——親戚
5. 落(loh) ——下
6. 毋驚(m̄ kiaⁿ) ——不怕
7. 幔(moa) ——披
8. 棕蓑(chang sui) ——蓑衣
9. 雨衫(hō· saⁿ) ——雨衣

㈡**應用範圍**：

1. 四歲以上幼兒。
2. 有關雨天的單元、方案或活動。

㈢**配合活動**：

1. 利用繩子或溜溜布排出田埂路，由寬而細，或寬、細不一，讓幼兒行走於上，口中順念「田岸路，寬寬仔行」。
2. 幼兒分成二組，其中一組為「幔棕蓑」（披浴巾、報紙……），一組為「穿新雨衫」（穿雨衣、或垃圾袋做成……）。
3. 幼兒一組一組分別順序走在彎曲的繩子上，並請幼兒邊聽節奏邊念歌謠（分成二小段，分念屬於自己角色的內容：前三行相同）「我來幔棕蓑」，接「我穿新雨衫」。
4. 兩人一組，手牽手一起走過繩子（一人蓑衣、一人雨衣）。

㈣**教學資源**：

繩子或溜溜布、汽球傘、裝扮用材料、節奏樂器

㈤**相關學習**：

身體平衡、認知、社會情緒

貳、親子篇

一、囝 仔 兄 來 坐 車
Gín á hiaⁿ lâi chē chhia

囝 仔 兄 來 坐 車，
Gín á hiaⁿ lâi chē chhia

坐 什 麼 車？
chē sím mih chhia

坐 牛 車 。
Chē gû chhia

什 麼 牛？
Sím mih gû

水 牛 。
Chúi gû

什 麼 水？
Sím mih chúi

水 道 水 。
Chúi tō chúi

什 麼 道？
Sím mih tō

豬 肚 。
Ti tō͘

什 麼 豬？
Sím mih ti

大 肥 豬 。
Tōa pûi ti

我 共 你 bū bū ti。
Góa kā lí bū bū ti

㈠註解：（河洛語──國語）

1. 囝仔兄(gín á hiaⁿ)──小孩子的客氣稱呼
2. 水道水(chúi tō chúi)──自來水
3. 共(kā)──給
4. bū bū ti──搔癢

㈡活動過程：

1. 請家長帶領孩子念熟兒歌。
2. 利用輪念問答的方式進行朗誦。
3. 一起朗讀兒歌並表演動作：
   ⑴「囝仔兄，來坐車」（親子牽雙手）。
   ⑵「坐什麼車？」（幼兒雙手展掌舉高）。
   ⑶「坐牛車」（父母親表演牛的動作）。
   ⑷「什麼牛？」（幼兒表演牛之動作）。
   ⑸「水牛」（父母親雙手比波浪狀）。
   ⑹「什麼水？」（幼兒表演波浪動作）。
   ⑺「水道水」（父母親雙手比出直道路狀）。
   ⑻「什麼道？」（幼兒表演直道路狀）。
   ⑼「豬肚」（父母親表演豬走路）。
   ⑽「什麼豬？」（幼兒表演豬走路）。

⑾「大肥豬」（父母親用雙手擁抱孩子）。

⑿「我共你bū bū ti」（親子互相搔癢）。

⒀ 親子角色交換，再玩一次。

二、布 尪 仔 戲
Pò͘　ang　á　hì

這 齣 戲，
Chit chhut hì

眞 趣 味；
chin chhù bī

狗 仔 兄，
Káu á hiaⁿ

舉 葵 扇；
giah khôe sìⁿ

猴 山 仔，
Kâu san á

食 紅 柿；
chiah âng khī

兔 仔 跳 舞 無 細 膩，
Thò͘ á thiàu bú bô sè jī

跋 一 倒 煞 撞 著 鼻。
poah chit tó soah lòng tioh phīⁿ

(一)註解：（河洛語──國語）

1. 尪仔戲(ang á hì) ──偶戲

2. 狗仔兄(káu á hiaⁿ) ──狗大哥

3. 舉(giah) ──拿

4. 葵扇(khôe sìⁿ) ──扇子

5. 猴山仔(kâu san á) ──猴子

6. 食(chiah) ──吃

7. 兔仔(thò· á) ──兔子

8. 無細膩(bô sè jī) ──不小心

9. 跋一倒(poa̍h chi̍t tó) ──跌一跤

10. 煞(soah) ──竟然

11. 撞著(lòng tio̍h) ──撞到

㈡活動過程：

家庭布偶戲班。

1. 家長與幼兒分享看過的布袋戲，故事中主角或相關語詞盡量以河洛語發音。

2. 和幼兒念「布尪仔」這首歌謠。

3. 和幼兒商量一起玩布袋戲，和幼兒討論歌謠中的動物，加入幼兒喜歡的其他活動，並討論其河洛語名稱和用河洛語討論其習性，共同編一個故事。

4. 家長和幼兒以自己熟悉的方法製作布袋戲偶，手指和手帕偶都可以。

5. 全家人操作布偶。

叁、補充參考資料

一、生活會話：

紅龜粿

阿榮：爸爸，我共你講，阿公阿媽兜有一寡奇奇怪怪的物件。

爸爸：是什麼奇奇怪怪的物件？

阿榮：有一頂竹葉仔做的帽仔。

爸爸：彼叫做瓜笠仔，會使遮日頭，閣會使遮雨。

阿榮：也有一領草衫及草褲。

爸爸：彼是棕蓑，是較早做穡人落雨天穿的衫。

阿榮：閣有兩塊圓圓的大粒石頭，疊做伙。

爸爸：彼是石磨仔，是共米磨做粉，做粿用的。

阿榮：Ho^n，做紅龜粿，著無？

爸爸：著，做紅龜粿。

Ang ku kóe

A êng：Pa pa，góa kā lí kóng，a kong a má tau ū chit kóa kî kî koài koài ê mih kiā^n。

Pa pa：Sī sím mih kî kî koài koài ê mih kiā^n？

A êng：Ū chit téng tek hioh á chò ê bō á。

Pa pa：He kiò chò koe leh á，ē sái jia jit thâu， koh ē sái jia hō。

A êng：Iā ū chit niá chháu saⁿ kap chháu khò͘。

Pa pa：He sī chang sui，sī khah chá chò sit lâng lȯh hō͘
thiⁿ chhēng ê saⁿ。

A êng：Koh ū nn̄g tè îⁿ îⁿ ê tōa liȧp chiȯh thâu，thȧh chò
hóe。

Pa pa： He sī chiȯh bō á，sī kā bí bôa chò hún，chò kóe
ēng ê。

A êng： Ho͘ⁿ，chò âng ku kóe，tiȯh bô？

Pa pa：Tiȯh，chò âng ku kóe。

二、參考語詞：（國語──河洛語）

1. 提燈籠──舉鼓仔燈(giȧh kó͘ á teng)

2. 划龍船──扒龍船(pê lêng chûn)

3. 謝籃──謝籃(siā nâ)

4. 扁擔──扁擔(pin taⁿ)

5. 太師椅──交椅(kau í)

6. 板凳──椅條(í liâu)

7. 小凳子──椅頭仔(í thâu á)

8. 木梳子──柴梳(chhâ se)

9. 蒸籠──籠床(lâng sn̂g)

10. 舀水的器具──瓠杓(pû hia)

11. 舀湯的器具──鱟戞仔(hāu khat á)

12. 撈飯的器具──飯籬(pn̄g lē)

13. 門簾──門籬仔(mn̂g lî á)

14. 石磨──石磨仔(chio̍h bō á)

15. 水井──古井(kó͘ chéⁿ)

16. 門檻──戶碇(hō͘ tēng)

17. 宗教──宗教(chong kàu)

18. 佛教──佛教(Hu̍t kàu)

19. 道教──道教(Tō kàu)

20. 天主教──天主教(Thian chú kàu)

21. 基督教──基督教(Ki tok kàu)

22. 回教──回教(Hôe kàu)

23. 拜拜──拜拜(pài pài)

24. 擲杯筊──跋杯(po̍ah poe)

25. 忌日──做忌(chò kī)

26. 喪喜事──喪喜事(song hí sū)

27. 放天燈──放天燈(pàng thiⁿ teng)

28. 放水燈──放水燈(pàng chúi teng)

29. 放蜂炮──放蜂炮(pàng hong phàu)

30. 做醮──做醮(chò chioh)

31. 乩童──童乩(tâng ki)

32. 求神問佛──問神託佛(mn̄g sîn thok pu̍t)

33. 許願──下願(hē goān)

34. 燒香──燒香(sio hiuⁿ)

35. 滿月──滿月(mó͘a go̍eh)

36. 周歲──度晬(tō͘ chè)

37. 嫁娶──嫁娶(kè chhōa)

38. 斗笠──瓜笠仔(koe le̍h á)

39. 蓑衣──棕蓑(chang sui)

40. 轎子──轎(kiō)

41. 神轎──輦轎(lián kiō)

42. 新娘轎──新娘轎(sin niû kiō)

43. 出殯──出山(chhut soaⁿ)

44. 墳墓──墓(bōng; bō·)

45. 迷信──迷信(bê sìn)

46. 忌諱──禁忌；擎爽(kìm kī; khiàn sńg)

三、謎語：

1. 一坵田鬆鬆鬆，三蕊花紅紅紅。

Chi̍t khu chhân sang sang sang, saⁿ lúi hoe âng âng âng。

（猜祭祀用品）

答：香爐

2. 一塊桶盤，四四角角，有的坦笑，有的坦闔。

Chi̍t tè tháng pôaⁿ, sì sì kak kak, ū ê thán chhiò, ū ê thán khap。

（猜一種建築材料）

答：瓦

3. 四目相凝，四脚相叉，一個咬嘴根，一個歪嘴酛。

Sì ba̍k sio gîn, sì kha sio chhe, chi̍t ê kā chhùi kin, chi̍t ê oai chhùi phóe。

（猜一種舊時行業）

答：挽面

4. 圓的嚕嗦，扁的嚕嗦，過年過節，玲瓏踅。

Îⁿ ê lo so, pîⁿ ê lo so, kòe nî kòe cheh, lin long sèh。

（猜一種民俗用具）

答：石磨仔（石磨）

5. 三腳向上天，一個嘴，生佇腹肚邊。

Saⁿ kha hiòng chiūⁿ thiⁿ, chit ê chhùi, seⁿ tī pak tó͘ piⁿ。

（猜一種舊時家用品）

答：烘爐（火爐）

四、俗諺：

1. 一鄉，一俗。

Chit hiong, chit siók。

（一個地方有一個地方的風俗。風俗各異。）

2. 土地公，癢腳底。

Thó͘ tī kong, ngiau kha té。

（表示事前有一種莫名其妙的預感。）

3. 古井，掠做褲。

Kó͘ chéⁿ, liàh chò khò͘。

（比喻看錯事物。）

4. 草厝，掛玻璃窗。

Chháu chhù, kòa po lê thang。

（比喻不調和。）

5. 拆人的籬笆，著起牆仔賠人。

Thiah lâng ê lî pa, tiòh khí chhiûⁿ á pôe lâng。

（拆壞他人的東西，要用新的賠。自食其果。）

6. 鋤頭嘴，畚箕耳。

Tî thâu chhùi, pùn ki hīⁿ。

（罵人不解道理。）

7. 羅漢，請觀音。

Lô hàn, chhiáⁿ Koan im。

（請客的人多，賓客只有一位。）

8. 籠床，拈粿。

Lâng sn̂g, ni kóe。

（極簡單容易之事。）

9. 扛轎喝艱苦，坐轎也喝艱苦。

Kng kiō hoah kan khó·, chē kiō iā hoah kan khó·。

（彼此同樣，各有苦處。）

10. 軟索，牽豬。

Nńg soh, khan ti。

（用柔軟的手段，才有效果。）

五、方言差異：

㈠方音差異

1. 炊粿　chhoe kóe／chhe ké
2. 臭火焦　chhàu hóe ta／chhàu hé ta
3. 尾　bóe／bé
4. 燴　bē／bōe
5. 月　goeh／geh
6. 尋　chhōe／chhē
7. 細膩　sè jī／sòe jī

㈡語詞差異

1. 後月日　āu goeh jit／後個月　āu kò goeh
2. 寬寬仔　khoaⁿ khoaⁿ á／慢慢仔　bān bān á／逗逗仔 tāu tāu á

六、異用漢字：

1. (chhù) 厝／茨
2. (khah) 較／卡
3. (chhàu hóe ta) 臭火焦／臭火乾／臭火凋
4. (lâng) 人／儂／農
5. (tī) 佇／置／在
6. (hō·) 予／互／給

7. (phah) 拍／扑／打

8. (gâu) 勢／賢

9. (bē) 燴／袂／昧

10. (ê) 的／兮／个

11. (chhōe) 尋／揣／撮／找

12. (m̄) 毋／怀／不／唔

主題二十
咱是一家人（不同的朋友）

學習重點：

一、用河洛語表達不同種族的稱呼。

二、認識不同種族的人。

三、察覺自己成長的多元文化環境。

四、包容、喜愛生活中不同的族群。

壹、本文

一、台北是咱兜
Tâi pak sī lán tau

我 蹛 佇 艋舺，
Góa tòa tī Báng kah

你 蹛 佇 草 山，
lí tòa tī Cháu soaⁿ

伊 蹛 佇 北 投，
i tòa tī Pak tâu

艋舺、草 山、北 投，
Báng kah Cháu soaⁿ Pak tâu

攏 佇 台 北，
lóng tī Tâi pak

台 北 是 咱 兜。
Tâi pak sī lán tau

(一)註解：（河洛語——國語）

1. 咱兜(lán tau) ——我們的家
2. 蹛佇(tòa tī) ——住在
3. 艋舺(Báng kah) ——萬華
4. 草山(Cháu soaⁿ) ——陽明山
5. 攏(lóng) ——都

㈡應用範圍：

1. 五歲以上幼兒。
2. 有關「台北是咱兜」或社區的單元。
3. 有關搭捷運及交通工具等安全教育的活動。

㈢配合活動：

1. 教師先和幼兒一起念誦兒歌，並可改編代名詞及地名的部份。
2. 請幼兒說說看他們住哪裡？住的地方有些什麼特別的景物？請幼兒分享。
3. 教師帶領幼兒扮演搭乘捷運。教師以河洛語說：「捷運觀光車著欲開啊。」幼兒：「開去叨位？」教師：「開去艋舺，艋舺到啊，欲觀光的旅客請落車。」此時扮演未下車的旅客們便可運用肢體表演艋舺的特色，例如：龍山寺、蛇、果菜市場叫賣……等。
4. 教師接著可詢問幼兒還想開到哪裡去觀光，幼兒可自由選擇扮演觀光客或是當地的景物、特色。
5. 幼兒自由分組，分組時可提醒幼兒可找尋和自己住家附近的友伴為同一組。和同組的幼兒討論並設計住家附近的特色。
6. 運用美術區的各種材料，製作立體的小社區，每組幼兒輪流分享、介紹及欣賞別組的成品。
7. 可將各組的成品組織成一個大社區，予以標名：台北市。
8. 與幼兒分享對台北市的感覺。

㈣教學資源：

美術區的材料

㈤相關學習：

認知、語言溝通、創造、身體感覺與表現

二、阿　媽　講　英　語
A　má　kóng　Eng　gí

社　區　大　學　教　英　語　，
Siā　khu　tāi　hak　kà　Eng　gí

阿　媽　讀　甲　眞　歡　喜　，
A　má　thak　kah　chin　hoaⁿ　hí

伊　講　A　B　C　，
i　kóng　A　B　C

我　講　狗　咬　豬　，
góa　kóng　káu　kā　ti

厝　邊　小　姐　美　國　人　，
chhù　piⁿ　sió　chiá　Bí　kok　lâng

看　著　阿　媽　How are you?
khòaⁿ　tioh　a　má　How　are　you

阿　媽　緊　張　You、You、You……
A　má　kín　tiuⁿ　You　You　You

(一)註解：（河洛語──國語）

1. 讀甲眞歡喜(thak kah chin hoaⁿ hí)──學得很高興

2. 伊(i)──她

3. 狗咬豬(káu kā ti)──諧音押韻句

4. 厝邊(chhù piⁿ)──隔壁；鄰居

5. 阿媽(a má)──祖母

6. How are you(英語)──你好嗎？

7. You（英語）──你

㈡應用範圍：

1. 五歲以上幼兒。
2. 有關多元文化的活動、主題或單元。
3. 有關社區的活動。

㈢配合活動：

1. 和幼兒一同念誦「阿媽講英語」，並和幼兒討論是否有和外國人相處的經驗，可以請有經驗的幼兒發表。
2. 將幼兒分成四或五組，每一組選一個國家或一種語言（母語），推派一人當戶長。請一個自願者當警察，到每一組的戶長處以河洛語對話：

   A 警察：「你是什麼人？」
   B 戶長：「我是美國人。」
   警察：「恁兜有幾個人？」
   戶長：「阮兜有×××」，如此一戶一戶的查戶口。
3. 若戶長說三人，則其他多餘的人要跑到另一戶的後面躲藏。
4. 逃跑中被捉到的幼兒則擔任另一回合的警察工作。
5. 警察也可以自編詢問語，例如：問美國人：「『你好』按怎講？」，美國人則需回答：「『你好』是How are you?」。

㈣教學資源：

代表「警察」身份的帽子一頂

㈤相關學習：

語言溝通、社會情緒、創造

三、原住民眞好禮
Goân chū bîn chin hó lé

原 住 民 眞 好 禮，
Goân chū bîn chin hó lé

我 送 伊 一 塊 粿，
góa sàng i chit tè ké

伊 予 我 一 隻 雞。
i hō͘ góa chit chiah ke

原 住 民 勢 唱 歌，
Goân chū bîn gâu chhiùⁿ koa

每 一 工 ，
múi chit kang

「娜 魯 娃」，
ㄋㄚ⁴ ㄌㄨ³ ㄨㄚ

這 旁 山 唱 過 彼 旁 山。
chit pêng soaⁿ chhiùⁿ kòe hit pêng soaⁿ

㈠註解：（河洛語──國語）

1. 送伊(sàng i) ──送他

2. 粿(ké) ──米做的糕

3. 予我(hō͘ góa) ──給我

4. 勢(gâu) ──善於；擅長

5. 每一工(múi chit kang) ──每一天

6. 娜魯娃(ná lú oa) ──原住民語

7. 這旁山(chit pêng soa^n)——這邊的山
8. 彼旁山(hit pêng soa^n)——那邊的山

㈡應用範圍：

1. 五歲以上幼兒。
2. 有關多元文化的活動、主題或單元。

㈢配合活動：

1. 在原住民文化探索中，請幼兒觀賞原住民生活之錄影帶，或參觀展覽舘，或請原住民朋友來介紹他們族羣的特色，例如服飾裝扮、飲食、居住環境、簡易的話、歌曲……等。使幼兒對原住民有初步認知。

2. 請幼兒念「原住民眞好禮」。

3. 扮演及製作飾品：
   幼兒可自己挑選喜歡的原住民服飾穿著並自製簡易頭飾、配件等來打扮自己。

4. 聆聽不同的舞曲如日本、美國、拉丁、原住民舞曲等，請幼兒比較原住民舞曲與其它曲子不同之處，或找其特徵有哪些？

5. 跳舞曲、唱山歌。
   教師提供不同的原住民歌舞曲子的錄音（影）帶，供幼兒觀賞並模仿跳舞唱歌。在庭院裡練習對唱山歌或原住民歌謠的自然歌聲，以體驗那種放聲紓解的暢快感受。

6. 幼兒創作舞步及節奏嘗試跳舞、唱歌的新方法。

㈣教學資源：

原住民服飾及裝扮配件、歌舞曲子錄音（影）帶、介紹原住民的
相關圖書、實物資料、錄音機及錄影機

㈤相關學習：

音樂節奏律動及身體感覺、大小肌肉運動、認知、創造

四、娜魯娃
Ná　lú　oa

「娜魯娃」，
ㄋㄚ⁴　ㄌㄨ³　ㄨㄚ

體格好，
thé　keh　hó

目睭大。
ba̍k　chiu　tōa

「娜魯娃」，
ㄋㄚ⁴　ㄌㄨ³　ㄨㄚ

勢唱歌，
gâu　chhiùⁿ　koa

嗬嗨呀。
hō͘　hái　iā

眞大聲，
chin　tōa　siaⁿ

「馬蘭姑娘」
ㄇㄚ³　ㄌㄢ²　ㄍㄨ　ㄋㄧㄤ²

唱甲眞好聽。
chhiùⁿ　kah　chin　hó　thiaⁿ

㈠註解：（河洛語──國語）

1. 娜魯娃(ná lú oa)──原住民語

2. 目睭(ba̍k chiu)──眼睛

3. 勢(gâu)──善於；擅長

4. 嗬嗨呀(hō͘ hái iā)——歌唱聲

5. 唱甲(chhiùⁿ kah)——唱得

㈡應用範圍：

1. 五歲以上幼兒。

2. 有關多元文化的活動、主題或單元。

㈢配合活動：

1. 透過影片或圖書讓幼兒認識台灣原住民族群不同之生活方式及習俗，如觀賞原住民部落之豐年祭及成年禮。帶領幼兒念誦「娜魯娃」。

2. 和幼兒討論影片中，有哪些活動讓自己印象最深刻？

3. 將原住民部落之生活方式及休閒活動結合，設計成各種關卡，若過關者表示通過原住民的成年禮考驗，教師可準備象徵性的裝飾，送給過關的幼兒。

4. 關卡內容：

   ⑴利用厚紙板，做成矛，幼兒手上拿著矛，然後將矛射到某一定點才能通過此關。

   ⑵丟沙包、射野豬：先做一隻野豬看板，然後在野豬的肚子裏挖一個洞，想通過此關者必須丟進三個沙包袋到洞裏。

   ⑶跳山地舞：選各種不同曲子來跳山地舞，如幼兒聆聽到「娜魯娃」一曲後，自由隨曲調舞動，跳完後即過關。

   ⑷比力氣：每二個人一組，然後二個人必須在已畫好的圈圈

裏，背靠背，比賽誰被擠推出去，先擠出去的幼兒即淘汰，反之則過關。活動過程播放事先錄好的「娜魯娃」歌謠為背景音樂。

(5)最後一關配合口號和手勢，大聲喊「嗬嗨呀」即過關。
關卡內容教師可自由再做變化，但活動內容儘量和原住民的生活型態融合在一起。

㈣**教學資源**：

台灣原住民文化圖書、影帶、山地舞蹈錄音帶、沙包、野豬看板、厚紙板、彩色筆

㈤**相關學習**：

大肌肉運動、創造、音律、社會情緒

五、寶島囝仔
Pó   tó   gín   á

我 的 家 庭 眞 趣 味，
Góa   ê   ka   têng   chin   chhù   bī

阿 公 是 河 洛 人，
a   kong   sī   Hô   ló   lâng

阿 嬤 是 客 人，
a   má   sī   Kheh   lâng

媽 媽 是 山 東 人，
ma   ma   sī   Soaⁿ   tang   lâng

啊 我 是 叨 位 的 人？
a   góa   sī   tó   ūi   ê   lâng

老 師 講「咱 攏 是 新 台 灣 人」。
Lāu   su   kóng   lán   lóng   sī   sin   Tâi   oân   lâng

㈠註解：（河洛語——國語）

1. 囝仔(gín á) ——孩子

2. 眞趣味(chin chhù bī) ——很有意思

3. 阿公(a kong) ——祖父

4. 河洛人(Hô ló lâng) ——意指閩南人

5. 阿嬤(a má) ——祖母

6. 客人(Kheh lâng) ——意指客家人

7. 叨位(tó ūi) ——哪裡

8. 咱攏是(lán lóng sī) ——我們都是

㈡應用範圍：

1. 五歲以上幼兒。
2. 與家庭相關的單元或方案。
3. 配合親子或家庭活動。
4. 有關多元文化的單元、方案或活動。

㈢配合活動：

1. 請幼兒用帶來的全家福照片以河洛語介紹自己的家人。
2. 老師用河洛語說：「爸爸」時，幼兒就在照片中指出。當每個人都對家人的河洛語稱謂熟悉後，念一次此首「寶島囝仔」的兒歌。
3. 遊戲～
   (1)將五個人分成一組有爸爸、媽媽、爺爺、奶奶及小孩，由小孩當主持人。
   (2)當主持人念河洛語「我的家庭真趣味」時，大家一起回答：「按怎？」主持人如果說：「阿公是河洛人」時，所有的「阿公」就要換位子，若是說：「阿媽是客人」，「阿媽」就要跑。
   (3)當有人換位置時，主持人就要去搶位置，沒有搶到位置的人就要去當小孩，並要說：「我是叨位的人？」大家就一起回答：「你是新台灣人。」
   (4)然後，由這位幼兒再當主持人。
   　當講河洛人、客人與山東人時要用個別的本地語言來說。

4. 每種角色都被叫過以後，幼兒可以決定是否繼續玩。決定停止後，教師請幼兒一起念「寶島囝仔」。

㈣**教學資源**：

全家福照片、手鼓、兒歌海報

㈤**相關學習**：

語言溝通、社會情緒、音律、認知

六、咱 是 一 家 人
Lán sī chit ke lâng

阿　叔　的　某　日　本　人，
A chek ê bó͘ Jit pún lâng

阿　姨　的　翁　美　國　人，
a î ê ang Bí kok lâng

阿　土　伯　的　囝　婿　德　國　人，
A thó͘ peh ê kiáⁿ sài Tek kok lâng

隔　壁　的　阿　海　兄　欲　娶　非　洲　人，
keh piah ê A hái hiaⁿ beh chhōa Hui chiu lâng

阿　公　笑　講：
a kong chhiò kóng

咱　是　地　球　村　的　一　家　人
Lán sī tē kiû chhun ê chit ke lâng

㈠註解：（河洛語──國語）

1. 咱(lán)──我們

2. 阿叔(a chek)──叔叔

3. 某(bó͘)──妻子

4. 翁(ang)──丈夫

5. 囝婿(kiáⁿ sài)──女婿

6. 欲(beh)──要

㈡應用範圍：

1. 五歲以上幼兒。
2. 有關多元文化的活動、主題或單元。
3. 有關家庭的活動或主題。

㈢配合活動：

1. 故事書：教師提供相關書籍請幼兒分享書中各國的人種長相、服飾、文字……。教幼兒念「咱是一家人」。
2. 音樂欣賞與律動舞蹈：收集不同的音樂、舞曲，譬如日本演歌、美國民謠（哦！蘇珊娜！……）、德國民謠（小步舞曲、命運交響曲……）、非洲原住民音樂，可讓幼兒進行欣賞或自由律動等活動。
3. 作音樂畫及扮演：
   ⑴先分享覺得這個音樂聽起來感覺像什麼？
   ⑵覺得他們在做什麼事？
   ⑶可以請幼兒自由發表或用繪畫、表演等方式呈現感覺或想法。
   教師亦可以運動會的精神使幼兒瞭解地球村的意義：
   ⑴和幼兒分享各種運動會的情景，包括以台灣原住民為主題曲的巴塞隆納奧運錄景…
   ⑵幼兒知道世界運動會的意義，討論各國運動員的特色及專長。
   ⑶幼兒選擇喜歡的運動項目，依此代表一個國家，並選擇各國

4. 製作各國代表標記，裝扮自己。策畫一次小小世運會。

5. 在運動場舉辦。

6. 結束後，念誦「咱是一家人」。

㈣教學資源：

1. 地球儀。

2. 世界大地圖。

3. 各國音樂帶、錄音帶。

4. 錄音機、錄影機。

5. 各國國旗、運動會旗、標記等。

6. 色筆、圖畫紙。

㈤相關學習：

創造、認知、音樂律動、社會情緒、語言溝通、大肌肉運動

貳、親子篇

客 人　　人 客
Kheh　lâng　　lâng　kheh

這 個 人 客 是 客 人，
Chit　ê　lâng　kheh　sī　Kheh　lâng

講 的 話，無 啥 仝，
kóng　ê　ōe　bô　siáⁿ　kāng

我 講 食 飽 未？
góa　kóng　chia̍h　pá　bōe

伊 講「食 飽 㑑」？
I　kóng　sit　pau　bang

客 人 是 人 客，
Kheh　lâng　sī　lâng　kheh

我 叫 伊 阿 伯，
góa　kiò　i　a　peh

伊 笑 甲 嘿 嘿 嘿。
i　chhiò　kah　he　he　he

(一)註解：（河洛語——國語）

1. 客人(Kheh lâng)──客家人
2. 人客(lâng kheh)──客人
3. 無啥仝(bô siáⁿ kāng)──不太一樣
4. 食飽未(chia̍h pá bōe)──吃飽了沒有

5. 食飽言(sit pau bang) ──(客家話) 吃飽了没有

6. 伊(i) ──他

7. 笑甲(chhiŏ kah) ──笑得

㈡活動過程：

1. 家長利用一個幼兒喜歡的娃娃或布偶念誦「客人、人客」的兒歌。

2. 邀請幼兒共同念誦兒歌「客人、人客」。

3. 請幼兒說說看他從兒歌中聽到了些什麼？和幼兒談一談平日認識的客家人，他們的生活，最常聽過的語言等等。請家長利用手中的娃娃和幼兒扮家家酒，到他們家中去做客。（幼兒也可拿另一個娃娃來和家長手中的娃娃對話，扮演媽媽扮演客家朋友。）

4. 扮演結束後，可讓幼兒分享如何當主人招待客人？到人家裡去作客又應該要有什麼樣的表現？見到鄰居要如何打招呼，如「你好？」「你食飽未？」等。

5. 對於幼兒的表現，家長可以給予幼兒一個熱情的擁抱及親吻獎勵。

叁、補充參考資料

一、生活會話：

咱的好朋友

小英：我有一個講ABC的美國朋友叫Peter。

小華：我有一個講o·-hai-io·的日本朋友叫YAMAHA。

小明：我有一個講se-mo·-ngi的客人朋友叫阿妹。

小雄：我有一個唱娜魯娃的原住民朋友叫尤帕斯。

小文：美國、日本、客人、原住民的朋友，攏是咱的好朋友。

Lán ê hó pêng iú

Sió eng：Góa ū chit ê kóng ABC ê Bí kok pêng iú kiò
　　　　　Peter。

Sió hôa：Góa ū chit ê kóng o·-hai-io· ê Jit pún pêng iú kiò
　　　　　YAMAHA。

Sió bêng：Góa ū chit ê kóng se-mo·-ngi ê Kheh lâng pêng
　　　　　iú kiò A mōe。

Sió hiông：Góa ū chit ê chhiùⁿ ná lú oa ê Goân chū bîn
　　　　　pêng iú kiò iû Phà su。

Sió bûn：Bí kok、Jit pún、Kheh lâng、Goân chū bîn ê pêng
　　　　　iú，lóng sī lán ê hó pêng iú。

二、參考語詞：（國語——河洛語）

1. 客家人——客人(Kheh lâng)
2. 原住民——原住民(Goân chū bîn)
3. 外國人——外國人(gōa kok lâng)
4. 東方人——東洋人(tang iûⁿ lâng)
5. 西方人——西洋人(se iûⁿ lâng)
6. 阿美族——阿美族(A bí chòk)
7. 泰雅族——泰雅族(Thài ngá chòk)
8. 排灣族——排灣族(Pâi oan chòk)
9. 布農族——布農族(Pò͘ lông chòk)
10. 卑南族——卑南族(Pi lâm chòk)
11. 魯凱族——魯凱族(Ló͘ khái chòk)
12. 曹族——曹族(Chô chòk)
13. 雅美族——雅美族(Ngá bí chòk)
14. 賽夏族——賽夏族(Sài hā chòk)
15. 美國——美國(Bí kok)
16. 英國——英國(Eng kok)
17. 法國——法國(Hoat kok)
18. 德國——德國(Tek kok)
19. 義大利——義大利(Ì tāi lī)
20. 日本——日本(Jìt pún)
21. 韓國——韓國(Hân kok)
22. 菲律賓——菲律賓(Hui lùt pin)
23. 東南亞——東南亞(Tang lâm a)

24. 亞洲──亞洲（A chiu）

25. 歐洲──歐洲（Au chiu）

26. 美洲──美洲（Bí chiu）

27. 澳洲──澳洲（Ò chiu）

28. 非洲──非洲（Hui chiu）

29. 中東──中東（Tiong tang）

30. 北極──北極（Pak kek）

31. 南極──南極（Lâm kek）

32. 阿拉伯──阿拉伯（A la pek）

33. 太平洋──太平洋（Thài pêng iûⁿ）

34. 大西洋──大西洋（Tāi se iûⁿ）

35. 印度──印度（Ìn tō·）

36. 族群──族群（chok kûn）

37. 多元文化──多元文化（to goân bûn hòa）

38. 南島語言──南島語言（Lâm tó gí giân）

39. 少數民族──少數民族（sió sò· bîn chok）

40. 文化中心──文化中心（bûn hòa tiong sim）

三、俗諺：

1. 一鄉，一俗。

   Chit hiong, chit siok。

   （一個地方有一個地方的風俗，風俗各異。）

2. 大社欺負小社。

Tōa siā khi hū sió siā。

（大欺小，強欺弱之意。）

3. 離鄉，無離腔。

Lî hiong, bô lî khiuⁿ。

（雖然離開了故鄉，欲改變不了故鄉的音腔。）

4. 十八港腳，行透透。

Cha̍p poeh káng kha, kiâⁿ thàu thàu。

（碼頭多跑遍，行跡遍及各地。）

5. 入鄉隨俗，入港隨彎。

Ji̍p hiong sûi sio̍k, ji̍t káng sûi oan。

（到一個地方，就要跟隨那個地方的風俗，就像船要進港，就要照航道的彎曲去走，才會平安無事。）

6. 人有百百款。

Lâng ū pah pah khoán。

（世間各種各樣的人都有。）

7. 一位蹛，一位熟。

Chi̍t ūi tòa, chi̍t ūi se̍k。

（住一個地方，就熟一個地方。）

8. 有福，食外國。

Ū hok, chia̍h gōa kok。

（有福氣，可以吃到外國貨。）

9. 見面，三分情。

Kìⁿ bīn, saⁿ hun chêng。

（人見了面，總是有人情可言。）

10. 熟似人，行生份禮。

Se̍k sāi lâng, kiâⁿ seⁿ hūn lé。

（雖是熟人，卻行一般陌生人的禮節。）

11. 捌人，較好捌錢。

Bat lâng, khah hó bat chîⁿ。

（人緣比錢緣更要緊。）

四、方言差異：

㈠方音差異
1. 英語　eng gí/eng gú
2. 粿　kóe/ké
3. 過　kòe/kè
4. 地球　tē kiû/tōe kiû
5. 未　bōe/bē

㈡語詞差異
一工　chi̍t kang／一日　chi̍t ji̍t

五、異用漢字：

1. (tòa) 蹛／住

2. (tī) 佇／置／在

3. (chhù) 厝／茨

4. (gâu) 勢／賢

5. (pêng) 旁／爿

6. (hit) 彼／那

7. (bak chiu) 目睭／目珠

8. (lâng) 人／儂／農

9. (Hô ló) 河洛／福佬／鶴佬

10. (tó ūi) 叨位／佗位

13. (ê) 的／兮／个

14. (kiáⁿ) 团／囝

15. (beh) 欲／卜／懱／要

《阿寶迎媽祖》光碟曲目對照表

曲目	內　　　　容	曲目	內　　　　容
A1	主題十六 好厝邊（社區） 壹、本文 　　一、里長伯仔	A18	四、鼓仔燈
		A19	五、中秋暝
		A20	貳、親子篇- 搓圓仔
A2	二、什麼車？	A21	參、補充參考資料
A3	三、三角公園	B1	主題十九 囝仔兄，坐牛車（鄉土風情） 壹、本文 　　一、紅瓦厝
A4	四、阮兜附近		
A5	五、厝邊兜		
A6	貳、親子篇- 好厝邊	B2	二、炊粿
A7	參、補充參考資料	B3	三、娶新娘
A8	主題十七 一路駛到台北市（交通） 壹、本文 　　一、火車	B4	四、嫁查某囝
		B5	五、阿寶迎媽祖
		B6	六、布袋戲
A9	二、坐飛機	B7	七、看歌仔戲
A10	三、公共汽車	B8	八、棕蓑 雨衫
A11	四、騎鐵馬	B9	貳、親子篇- 一、囝仔兄來坐車
A12	五、娃娃車	B10	二、布尪仔戲
A13	貳、親子篇- 坐捷運	B11	參、補充參考資料
A14	參、補充參考資料	B12	主題二十 咱是一家人（不同的朋友） 壹、本文 　　一、台北是咱兜
A15	主題十八 廟前弄龍（節日習俗） 壹、本文 　　一、肉粽		
		B13	二、阿媽講英語
A16	二、廟前弄龍	B14	三、原住民真好禮
A17	三、過年	B15	四、娜魯娃

曲目	內　　　　容
B16	五、寶島囡仔
B17	六、咱是一家人
B18	貳、親子篇- 客人 人客
B19	參、補充參考資料

國家圖書館出版品預行編目資料

阿寶迎媽祖／方南強等編. -- 初版. -- 臺北市：
遠流, 2002 [民 91]
　　面；　公分 --（歡喜念歌詩；4）（鄉土教學‧
河洛語）

　　ISBN 957-32-4546-9（全套：平裝附光碟片）.
　-- ISBN 957-32-4550-7（第 4 冊：平裝附光碟片）.

859.8　　　　　　　　　　　　　　91000575

歡喜念歌詩 ❹ -阿寶迎媽祖

指導委員◎方炎明　古國順　田英輝　李宏才　幸曼玲　林文律　林佩蓉
　　　　　唐德智　陳益興　許明珠　趙順文　蔡春美　蔡義雄　蘇秀花
編輯委員◎方南強（召集人，童詩寫作，日常會話及各類參考資源）
　　　　　漢菊德（編輯大意：教材意義、組織及其使用主筆，教學活動規劃、修編）
　　　　　王金選（童詩寫作）
　　　　　李素香（童詩寫作）
　　　　　林武憲（童詩寫作）
　　　　　陳恆嘉（童詩寫作）
　　　　　毛穎芝（教學活動）
　　　　　吳美慧（教學活動）
　　　　　陳晴鈴（教學活動）
　　　　　謝玲玲（美編、內文版型設計）
內文繪圖◎謝玲玲　林恆裕　楊巧巧　林俐萍　台北市民族國小美術班
封面繪圖◎張振松
封面構成◎黃馨玉
出　　版◎遠流出版事業股份有限公司‧正中書局股份有限公司
印　　刷◎寶得利紙品業有限公司

發 行 人◎王榮文
出版發行◎遠流出版事業股份有限公司
地　　址◎台北市汀州路三段184號7樓之5
電　　話◎(02)23651212
傳　　真◎(02)23657979
郵　　撥◎0189456-1

香港發行◎遠流（香港）出版公司
地　　址◎香港北角英皇道310號雲華大廈四樓505室
電　　話◎(852)25089048
傳　　真◎(852)25033258
香港售價◎港幣100元

著作權顧問◎蕭雄淋律師
法 律 顧 問◎王秀哲律師‧董安丹律師

2002年2月16日 初版一刷
行政院新聞局局版臺業字第1295號
售價◎300元（書+2CD）
如有缺頁或破損，請寄回更換
版權所有‧翻印必究　Printed in Taiwan
ISBN 957-32-4546-9（套）
ISBN 957-32-4550-7（第四冊）

YL 遠流博識網 http://www.ylib.com
E-mail:ylib@ylib.com

兒童英語脫口說
語音辨識
互動光碟

榮獲德國 Digita Prize最佳教育光碟大獎

國立台北師範學院副教授兼兒童英語教育研究所所長 **張湘君** 審定/推薦

這裡有24首卡拉OK，115部卡通影片，還有超過1000個遊戲，快點跟 妙博士 和 嘎嘎鳥 這兩個超酷、超炫、超好玩的人物，一起來探究這個充滿歡笑、豐富精彩的英文學習寶庫，你將會成為說唱聽寫樣樣通的小小英語通喔！

樂在英語學習

《兒童英語脫口說》以家為出發點，進而介紹城市和世界，主題式單元使學習英語極為統整，合乎九年一貫教育精神。更有獨創的「音波辨識功能」，互動性強，能幫助小朋友掌握正確發音方式，兼顧聽、說、讀、寫能力的培養。

以小朋友觀點出發

《兒童英語脫口說》是為4到12歲的兒童所設計的英語學習光碟，串場以妙博士和嘎嘎鳥卡通人物擔任；3D動畫畫質、動作流暢；音樂配樂極具動感、影片中提供小朋友聽音訓練和角色扮演；卡拉OK的設計，功能強，能錄、能放；美式英語與英式英語可自由切換；每一頁例圖繪製精美，提供孩子藝術美學的薰陶，更有多元評量，兼顧記憶、數字、邏輯、空間、文法、閱讀、字彙等多元能力……完全以小朋友的觀點和遊戲方式設計，不僅規劃出最互動、最革新、更有趣的英語學習法，並與各國語言教育中強調的多元智能學習觀同步！

免費贈品・訂購即送
1. 精美CD收藏包
2. 彩色識字圖本 親師手冊
3. 多元智慧英語學習單
4. 頭戴式耳機麥克風

定價3,960元
特價 **1980**元

建議配備
PC 或相容機型：Pentium(r) II 400MHz、Windows(tm) 95/98/2000、64 MB RAM、100 MB 以上的硬碟空間、24倍速CD-ROM、支援DirectX 7與1024×768 (24 bits) 解析度之顯示卡與音效卡、麥克風和喇叭或頭戴式耳機。

《兒童英語脫口說》主要特色

探險旅程驚奇多
以小朋友的觀點和遊戲方式設計內容，三個學習階段的主題課程，適合各年齡層。

有趣的城市（進階級）

奇妙的世界（最高級）

神奇魔法屋（基礎級）

多元學習樂無窮
遊戲：15種訓練語言、邏輯、觀察、想像、記憶等能力的活動，透過各項練習來學英語。

卡拉OK：由歌唱的方式引發學習興趣，在輕鬆歡樂的音樂旋律中，英語自然而然朗朗上口！

卡通影片：透過卡通人物的扮演，更能融入以英語為母語的環境。

想像力與愛心的
兒童土地自覺及自信

新家園◆繪本系列

淡江大學建築系主任 鄭晃二◆策劃

1 城市庭園

文、圖／葛達‧穆勒
譯／曹慧

　　小維和家人新搬到城市的一間房子來，最令人高興的是，還有一座大花園，甚至種著幾株老樹，雖然環境有些髒亂，但是他們相信有朝一日，這兒會是一座最美麗的「城市庭園」。

　　從園藝的歡樂中，開啟觀照周遭環境的視野，體驗大自然生生不息的奧妙，學習社區營造的第一步。

　　社區規劃師 謝慧娟推薦

定價280元

2 三隻小狼和大壞豬

文／尤金‧崔維查
圖／海倫‧奧森貝里
譯／曾陽晴

　　小狼為了建蓋一間舒適的房子，處心積慮的防禦大壞豬的破壞，一次又一次的失敗，最後終於讓他們找到了好辦法。

　　體會生活周遭的藝術和美感，以及環境影響人的行為與氣質的重要性，學習社區營造的第一步。

　　樂山文教基金會執行長 丘如華推薦

定價280元

3 橘色奇蹟

文、圖／丹尼‧平克華特
譯／畢恆達

　　有一天，一隻冒失的鴿子銜著一桶油漆飛過梅豆豆家上空，不小心在屋頂上留下了一個很大的橘色斑點，為他帶來了靈感，也影響了其他人，最後甚至改變了這條街。

　　每個人都有能力創造與改造空間，空間將因此越加豐富，大家也在參與中得到成長，學習社區營造的第一步。

　　國立台灣大學建築與城鄉研究所副教授
畢恆達推薦

定價240元

4 天堂島

文、圖／查爾斯‧奇賓
譯／王淑宜

　　天堂島不是什麼名勝，但是亞當熱愛它。因為這裡住著他所認識的人們，不分職業、不論貧賤，彼此相知相惜，亞當衷心欣賞這些老鄰居，也一直慶幸有他們陪伴。直到有一天……

　　傾聽各種不同的聲音，尋找社區生活的價值，學習社區營造的第一步。

　　作家，新故鄉文教基金會董事長
廖嘉展推薦

定價260元

5 街道是大家的

文／庫路撒
圖／墨尼卡‧多朋
譯／楊清芬

　　一個發生在南美洲委內瑞拉的真實故事。有一群小朋友因為居住的地方，連個遊戲、活動的區域都沒有，經過一連串的努力，他們終於喚起大人們的注意，而營造一個兒童們的遊戲場，最後變成了所有人共同的事。

　　即使是小朋友，對於自己的生活環境也可以有自己的主張，只有自己才能真正代表自己、爭取自己參與公共空間決定的權力，學習社區營造的第一步。

　　淡江大學建築系主任 鄭晃二推薦

定價280元